Patrice Leconte

Die Liebe ist ein guter Grund, den Ärmelkanal zu durchschwimmen

Weitere Titel des Autors:

Heute wegen Glück geschlossen

Titel in der Regel auch als Hörbuch und E-Book erhältlich

Patrice Leconte

Die Liebe ist ein guter Grund, den Ärmelkanal zu durchschwimmen

Roman

Übersetzung aus dem Französischen
von Karin Meddekis

Ehrenwirth

MIX
Papier aus verantwortungsvollen Quellen
FSC® C014496
FSC www.fsc.org

Papier: holzfrei Schleipen – Werkdruck, der Cordier Spezialpapier GmbH

Dieser Titel ist auch als E-Book erschienen

Titel der französischen Originalausgabe:
»Le garçon qui n'existait pas«

Umschlaggestaltung: Tanja Østlyngen
Umschlagmotiv: © shutterstock/Dubova
Satz: Dörlemann Satz, Lemförde
Gesetzt aus der Koch-Antiqua und Lapidary
Druck und Einband: GGP Media GmbH, Pößneck

Printed in Germany
ISBN 978-3-431-03917-7

5 4 3 2 1

Sie finden uns im Internet unter: www.luebbe.de
Bitte beachten Sie auch: www.lesejury.de

1

Eines Tages werde ich durch den Ärmelkanal schwimmen

»Eines Tages werde ich durch den Ärmelkanal schwimmen. Das wird allen die Sprache verschlagen.«

Für einen Bankangestellten um die dreißig, der sich weder sportlich betätigt noch Freude am Schwimmen hat, ist es zweifellos eine verrückte Idee, durch den Ärmelkanal zu schwimmen. Dennoch liegt mir dieses Projekt sehr am Herzen, und ich rechne damit, es in naher Zukunft zu realisieren.

Ich sage »ein Bankangestellter um die dreißig«, denn obwohl es vermutlich schwer zu glauben ist, weiß ich nicht genau, wie alt ich bin. Wenn ich mich im Spiegel betrachte, sehe ich aus wie dreißig. Es kommt aber vor, dass man mich, je nach Lichtverhältnissen und meiner Stimmung, zehn Jahre älter oder fünf jünger schätzt. Die Leute schauen mich immer nur flüchtig an. Sie schauen mich an, ohne mich zu sehen. Genauer gesagt: Sie sehen mich, ohne mich anzuschauen. Die Verkäufer sprechen mich mit »junger Mann« oder »werter Herr« an, das kommt ganz darauf an.

Mal so, mal so. Im Grunde lassen sich in Bezug auf mich keine präzisen Angaben machen. Ich habe kein Alter. Das Erstaunlichste daran ist, dass selbst ich mein Geburtsdatum irgendwann vergessen habe. Doch dadurch ändert sich nicht viel, weil ohnehin nie jemand daran denkt, mir zum Geburtstag zu gratulieren. Das war schon immer so.

Ich habe drei Brüder und eine Schwester, die alle älter sind als ich, ich bin also das fünfte Kind, viel später geboren als meine Geschwister, ein Nachzügler, wie man so sagt. Ein Wunschkind war ich nicht (wenn ich gewisse Andeutungen in Gesprächen, die mich betrafen, richtig verstanden habe). Ich habe meinen Eltern nie wirklich etwas bedeutet. Ich war nicht erwünscht, und darum hatten sie auch nicht das Bedürfnis, mir die geringste Aufmerksamkeit zu schenken. Das ist verständlich. Wie sollte ich es ihnen verübeln? Ich hätte mich sicherlich ähnlich verhalten. Vier Kinder, das ist eine ganze Menge. Ich war dann einfach einer zu viel. Können Sie sich vorstellen, wie groß ein Auto sein muss, um diese Truppe zu transportieren? Die Automobilhersteller interessieren sich nicht für Großfamilien, denn das ist kein Markt, der viel Geld einbringt. Wenn wir zum Beispiel in Urlaub fuhren oder am Sonntag eine entfernte Verwandte zum Mittagessen besuchten, setzten sich alle sechs in den Renault Kombi, und ich fuhr mit öffentlichen Verkehrsmitteln – Metro, Bus, Bahn – hinterher. Es kam sogar vor, dass sie mich vergaßen. Meine Familie behandelte mich oft wie Luft (dieser Vergleich hinkt natürlich, denn Luft braucht man zum Atmen, aber meine Familie brauchte mich nicht).

Und dabei habe ich niemals Unmögliches verlangt. Nur, dass sie sich ein wenig für meine Leistungen in der Schule interessierten (zumal sie gar nicht schlecht waren), dass sie sich um mich kümmerten, wenn ich krank war, dass sie meine Freude teilten, mich trösteten, wenn ich enttäuscht war, und dass sie ein Mal im Jahr Kerzen auf einen Kuchen stellten, damit ich tief Luft holen und sie alle auf einmal auspusten konnte. Ich sah immer nach nichts aus, weil ich die Hosen, Hemden, Pullover und Jacken meiner älteren Geschwister auftragen musste, nachdem ihnen die Sachen zu klein geworden waren. Für mich wurde nie etwas Neues gekauft. Daher trug ich zu jeder Jahreszeit abgetragene, verschlissene, bunt zusammengewürfelte, geflickte, lächerliche Kleidung. Es kam sogar vor, dass ich alte Mäntel von meiner Schwester erbte. Meine Eltern entschieden, dass ein Junge sie trotz des taillierten Schnitts und der Pastellfarben sehr gut tragen könne. Auf diese Weise ließen meine Eltern mich, ohne es wirklich zu wollen – und auf jeden Fall ohne böse Absicht –, seit meiner Kindheit verwahrlosen. Wenn ich den Mut gehabt hätte, der mir immer gefehlt hat, hätte ich in dieser Obdachlosenkleidung eines Kindes betteln gehen können, um ein bisschen Taschengeld zu verdienen. Aber aus Angst, eine Freundin meiner Mutter oder gar meine Mutter selbst zu treffen – man stelle sich den Skandal in unserer Familie vor –, verzichtete ich darauf, die Hand auszustrecken. Taschengeld bekam ich nie. Sobald meine vier älteren Geschwister ihr Taschengeld erhalten hatten, sagte mein Vater zu mir, er habe im Augenblick kein Geld mehr bei sich und werde sich darum kümmern, dass sich das schnell ändert. Er versprach, mir im nächsten Monat Taschengeld zu geben, ja, ganz bestimmt, im nächsten Monat, versprochen. Er vergaß es aber immer. Im Grunde spielte es keine Rolle, da ich nicht das geringste Bedürfnis verspürte, mir irgendetwas zu kaufen. Keine Süßigkeiten, keine Zeitschriften, keine Spiele, kein Spielzeug, nichts. Als stilles Kind, das keinerlei Wünsche hatte, schien mir das Leben am erträglichsten zu sein.

Aber wie alle Kinder hatte natürlich auch ich gewisse Wünsche. Zum Beispiel wünschte ich mir diesen Plastikbausatz einer chinesischen Dschunke zum Bemalen von der Firma Heller. Er wurde nicht in einem Karton verkauft, sondern in einem Plastikbeutel, der mit einem Pappstreifen und zwei Heftklammern verschlossen war. Ich war zwölf Jahre alt und wollte diese Dschunke unbedingt haben. Der Bausatz war nicht ausgezeichnet, und ich fragte die Verkäuferin nach dem Preis, einfach so, aus reiner Neugier. Keine Antwort. Ich wiederholte meine Frage mehrmals. Vergebens. Und genau in diesem Moment geriet ein Teil meines Lebens ins Wanken. Ich nahm den Plastikbeutel in die Hand, als wollte ich mir den Bausatz genauer anschauen. Und dann verließ ich, ohne weiter darüber nachzudenken, ohne an die Konsequenzen zu denken und ohne die geringste Eile an den Tag zu legen – niemand interessierte sich für mich –, mit der Dschunke in der Hand ganz unbefangen das Geschäft. Kurz darauf stand ich mit dem Artikel, den ich nicht bezahlt hatte, vor den Nouvelles Galeries auf dem Bürgersteig. Niemand verdächtigte mich. Niemand nahm mich fest. Niemand lief mir hinterher. Niemand hielt mir eine Standpauke. Ich glaube sogar, die Leute lächelten mich an. An jenem Tag begriff ich, dass ich nicht existierte.

Seitdem ließ ich in den Geschäften eine ganze Menge mitgehen. Von allem etwas, Kleinigkeiten, Überflüssiges, Unnützes, vor allem Unnützes. Ich blieb immer ein anständiger Dieb und klaute niemals etwas, das nicht ersetzbar wäre. Es enttäuschte mich, dass es so einfach war. Ich hätte mir so sehr gewünscht, eines Tages erwischt zu werden. Das hätte bewiesen, dass mich zumindest ein Kaufhausdetektiv, eine Verkäuferin oder eine Kundin angesehen hätte. Leider geschah es nie. Und das, obwohl ich keineswegs vorsichtig war. Ich suchte mir etwas aus, steckte es ein und ging hinaus. Punkt.

Weder meine Brüder noch meine Schwester noch mein Vater noch meine Mutter fragten sich jemals, wo die ganzen Modelle herkamen, die ich mit großem Eifer zusammenbaute. Ich stellte die kunterbunten Exemplare, die mir ans Herz gewachsen waren, in meinem kleinen Zimmer auf, und nach und nach kamen immer mehr Teile hinzu: Rennwagen, Oldtimer, U-Boote, Soldaten der Napoleonischen Garde, Begleitschiffe, Geleitschiffe, Gladiatoren, Dreimaster, Schlösser, Geländewagen, Wasserflugzeuge, Markisen, Lokomotiven. Zum großen Verdruss meiner Mutter verstaubten all diese Dinge von Tag zu Tag mehr. Doch wenn ich damit beschäftigt war, sorgfältig die Hinterachse einer AC Cobra zusammenzubauen, hatten wenigstens alle ihre Ruhe vor mir. Nun, das war eigentlich sowieso immer der Fall. Mir wurde schnell klar, dass es gut war, wenn sie mich vergaßen, wenn ich verschwand und mit der Umgebung verschmolz. Ich bin im Zeichen des Chamäleons geboren und kann nichts dagegen tun. Ich nehme die Farbe der Tapeten an und friste ein Schattendasein.

Es geschah oft, dass ich mir morgens auf dem Weg zum Gymnasium vorstellte, wie schön es wäre, abends nicht nach Hause zu gehen. Nicht um zu fliehen, denn wenn man flieht, muss es etwas geben, wovor man flieht. Es gab jedoch nichts, vor dem ich fliehen konnte. Dort, wo ich war, war ich gut aufgehoben – unsichtbar und unbedeutend, gewiss, aber nicht unglücklich. Mein Plan, nicht nach Hause zurückzukehren, hatte eher etwas mit Seelengröße zu tun. Da ich für meine Familie eine Last war, konnte ich genauso gut abhauen. Diesen Plan führte ich allerdings niemals aus. Er scheiterte an verschiedenen unlösbaren Schwierigkeiten. Wohin sollte ich gehen und wo schlafen? Wie sollte ich mich ernähren, und wer würde meine Wäsche waschen? Wo sollte ich mich waschen und wo meine Hausaufgaben machen? Besonders ein Gedanke machte mir zu schaffen: Würde meine Familie mein Verschwinden überhaupt bemerken?

Ich habe niemals gehört, dass meine Eltern, meine Brüder oder meine Schwester einander fragten, wo ich stecke oder was ich gerade tue. Die Frage wäre ohnehin unnötig gewesen. Wenn ich nicht in ihrer Nähe war, beunruhigte das niemanden, und wenn ich da war, bemerkten sie es nicht.

Eines schönen Tages beschloss mein Vater, dass es wunderbar wäre, wenn unsere Familie in Argentinien leben würde. In diesem Teil der Erde bot sich ihm beruflich eine große Chance, und er glaubte, dass es für alle gut wäre (diese fantastische Idee, im Land selbst Spanisch zu lernen und Tango zu tanzen). Mein Vater begann mit den Vorbereitungen der Reise und bot die Wohnung in Vaucresson zum Verkauf an. Es waren tausend Dinge zu regeln, die unter anderem Behörden, Schulen und den Freundes- und Bekanntenkreis betrafen, ehe wir nach Buenos Aires flogen. Besser gesagt, *sie* flogen nach Buenos Aires. Ich begleitete sie nämlich nicht auf diese Reise. Sie ließen mich im Großraum von Paris zurück. Ich war wieder einmal überflüssig (das fünfte Rad am Wagen), jedenfalls am Anfang. Es war vorgesehen, dass ich später nachkommen sollte. Keines meiner älteren Geschwister erhob diesbezüglich die geringsten Einwände. Weder meine Brüder noch meine Schwester verlangten, dass meine Eltern mich mitnahmen, da ich zur Familie gehörte (was stimmte, wenn auch alles auf das Gegenteil hindeutete). Ich fand mich also damit ab, bald Schüler des Internats Maisons-Laffitte zu sein. Alle waren sich in diesem Punkt einig, und meine Eltern meldeten mich dort an, ohne mich nach meiner Meinung zu fragen. Inzwischen hatte ich mich daran gewöhnt, dass Entscheidungen über meinen Kopf hinweg getroffen wurden. Ich sah zu, wie meine Eltern, meine Brüder und meine Schwester mit einem unglaublichen Eifer ihre Koffer – Überseekoffer, große und kleine Koffer, Kisten und Container – für Südamerika packten, denn sie hatten vor, ein paar Jahre dort zu bleiben. Indessen packte ich in aller Ruhe alles, von dem ich sagen konnte, »das gehört mir, und das nehme ich mit«, in eine Sporttasche und in einen riesigen Koffer. Es ging ziemlich schnell, und ich war lange vor ihnen fertig. Meine Eltern, die zu sehr mit ihren Vorbereitungen beschäftigt waren, fuhren mich nicht zum Internat. Mein Vater bestellte ein Taxi und gab mir das Geld für die Fahrt. Meine aufgeregten Eltern und Geschwister gaben mir einen flüchtigen Kuss, denn der Fahrer wurde schon ungeduldig.

Der Leiter des Internats, Monsieur Fournerot, konnte seine Verwunderung nicht verhehlen, als er sah, dass ich allein aus dem Taxi stieg und mich kein Angehöriger begleitete. Doch es war nicht sein Problem, und alle Kosten waren im Voraus bezahlt worden. Falls es Probleme gab, konnte er Kontakt zu meinen Eltern aufnehmen. Er hatte Glück – ich konnte das nicht. Der Internatsleiter zeigte mir mein Zimmer. Ich lernte den recht sympathischen Jungen kennen, mit dem ich das Zimmer teilte, und räumte meine Sachen ein. Am Abend hörte ich das Dröhnen eines Langstreckenflugzeugs hoch oben am Himmel, und ich dachte, dass meine Familie vielleicht in der Maschine saß. Es tat mir leid für sie, dass sie einen über zehnstündigen Flug auf unbequemen Sitzen vor sich hatten. Ich hingegen schlief nach dem Essen in der Kantine in einem frisch bezogenen Bett ein, zwar ohne Champagner und ohne Flugbegleiterinnen, aber dafür auch ohne Luftlöcher und ohne Gliederschmerzen.

Ich folgte ihnen nie nach Argentinien, und meine Eltern kehrten nie zurück. Ich nehme an, sie begannen auf der Südhalbkugel ein neues Leben, ein Leben ohne mich. Auch wenn ich ihnen ein bisschen böse war, jedenfalls eine gewisse Zeit, kam ich bald zu dem Schluss, dass alles gut war, wie es war. Ich bin das Kind, das meine Eltern nicht gewollt hatten und das sie schließlich vergaßen.

Ich sah meine Eltern, meine Brüder und meine Schwester niemals wieder. Anfangs schrieben wir uns ab und zu, aber nach kurzer Zeit standen in ihren Briefen nur noch Banalitäten, als fiele es ihnen schwer, mir zu schreiben. Später bekam ich immer seltener Post von ihnen und irgendwann gar nicht mehr. Ich nehme an, dass meine Familie noch lebt, aber sicher bin ich mir nicht. Falls sie alle gestorben wären, hätte ich nichts davon erfahren. Fragen sie sich, wo ich bin, was ich mache und wie ich lebe? Sie dort unten und ich hier – ziehen wir einen Schlussstrich. Ich habe nicht die geringste Lust, nach Südamerika zu reisen. Mir würde es auch nicht gefallen, wenn sie auf die Idee kämen, nach Paris zurückzukehren. Ich hatte nie eine richtige Familie, und jetzt habe ich gar keine mehr. So ist es einfacher.

Ebenso wenig wie ich über mein Alter eine exakte Angabe machen kann, lässt sich meine Stimme genau beschreiben. Auch nicht mein Blick, meine Größe, meine Figur, mein Gang. Ich weise keinerlei besondere Merkmale auf. Sollte eines Tages in einer Lokalnachricht über mich berichtet werden, hätten die Zeugen größte Schwierigkeiten, eine präzise Beschreibung meiner Person abzugeben. Ich kann mir das schlechte und unbrauchbare Phantombild gut vorstellen, das nach ihren widersprüchlichen Zeugenaussagen entstehen würde. Weder alt noch jung, weder hübsch noch hässlich, weder dick noch dünn, weder groß noch klein, weder blond noch braunhaarig. Ein Mensch, der in der Menge untergeht. Ich lebe, ich atme, ich arbeite, ich esse, ich schlafe, und doch ist es so, als gäbe es mich nicht.

Ich bin praktisch unsichtbar.

Obendrein heiße ich auch noch Gérald. Mal ehrlich, was kann man vom Leben erwarten, wenn man Gérald heißt?

2

Die Bankfiliale auf dem Boulevard Arago

Schon seit vielen Jahren arbeite ich bei einer Bank, und zwar immer in derselben Filiale auf dem Boulevard Arago. Die Kollegen kennen mich, sie wissen, dass ich immer pünktlich bin, dass ich meine Arbeit vernünftig mache und man mir niemals etwas vorwerfen kann. Auf meine Weise bin ich ein vorbildlicher Angestellter, und die Filialleiterin musste sich noch nie über mich beklagen. Allerdings möchte niemand mehr über mich erfahren. Niemand hat sich jemals Gedanken darüber gemacht, wie ich lebe, mit wem ich zusammenlebe (Frau, Kinder, Goldfisch, Hamster?), ob ich glücklich oder unglücklich bin, ob ich ein Auto besitze oder die Metro nehme, ob ich in der Nähe oder weit entfernt wohne, ob ich überhaupt irgendwo wohne. Es ist ganz einfach so, als existierte ich nicht.

Vor nicht allzu langer Zeit wurde in unserer Bankfiliale nach Schalterschluss ein kleines Fest gefeiert, um Monsieur Bourlot in den Ruhestand zu verabschieden. Wie immer hatte die Filialleiterin, eine mollige, aufgetakelte, kleine

Frau mit rotem Haar, alles wunderbar organisiert: Champagner, Plätzchen, Petits Fours, leckeres Brot, Kanapees, verschiedene Weine, Girlanden, mehrere Blumensträuße und Musik. Bei den Kollegen wurde so viel Geld eingesammelt, dass für den Kollegen, der in den Ruhestand trat, eine vollständige Angelausrüstung gekauft werden konnte. Er war tief bewegt und sehr dankbar. Die Kollegen konnten mit der Auswahl des Geschenks nichts falsch machen. Bourlot war ihnen in den letzten Jahren immer wieder auf den Wecker gegangen, wenn er in den schillerndsten Farben von seinem Traum sprach, am stillen Flussufer zu sitzen und Rotaugen zu angeln. Der stellvertretende Filialleiter hielt eine gut formulierte, aufrichtige und mitreißende Rede. Man muss sagen, dass er sich gerne mit seinen Abschiedsreden brüstete und es auf gar keinen Fall einem anderen überlassen würde, diese traditionellen guten Wünsche zum Ruhestand zu verfassen. Und er würde es sich erst recht nicht nehmen lassen, sie mit seiner klangvollen, tiefen Stimme vorzutragen. Teilweise sprach er in solch theatralischem Ton, dass einige Kollegen eine Gänsehaut bekamen. Dieses Mal gab er sich allerdings nicht seiner fragwürdigen Neigung hin, Kalauer zu reißen. Er machte sich auch keinen Spaß daraus, den Familiennamen des zukünftigen Ruheständlers dem Spott preiszugeben. Vermutlich erinnerte er sich mit geröteten Wangen an seine mehr oder weniger geschmacklosen Anspielungen auf den Namen von Madame Fessembois (der sich geradezu anbietet), als sie ein paar Monate zuvor in den Ruhestand verabschiedet wurde. Sie hatte den ganzen Abend geschmollt.

Die Stimmung war auf dem Höhepunkt, und niemand hatte es eilig, nach Hause zu gehen. Alle ließen sich die köstlichen Snacks des üppigen Büffets schmecken und flirteten mit den Sekretärinnen, die nach ein paar Gläsern alkoholischer Getränke nicht mehr so unnahbar waren wie sonst. Die Angestellten konnten sich an diesem Abend gegenüber der Filialleiterin einen fast vertraulichen Ton erlauben. Der für die Tresore verantwortliche Kollege wurde wie immer als Discjockey vorgeschlagen, und er spielte Rumba, Rock und Salsa ebenso wie einige sinnliche orientalische Melodien. Alle tanzten bis spät in den Abend hinein. Die nächtlichen Passanten auf dem Boulevard blieben vor der Bankfiliale stehen und schauten durch das Eisengitter auf die fröhliche kleine Truppe der Bankangestellten. Sie staunten zu Recht, denn unter den Bankangestellten gibt es nicht gerade besonders viele lustige Vögel oder Nachtschwärmer. Jedenfalls herrscht diese Meinung in der Öffentlichkeit vor. Keine Entgleisungen, keine unkontrollierten Alkoholexzesse, keine hässlichen Vorfälle, kein peinliches Benehmen, kurzum, ein vorbildliches Fest zu Ehren eines Kollegen, der in den Ruhestand trat.

An dem Tag nach diesem feuchtfröhlichen Fest saß ich zu Beginn eines ganz normalen Arbeitstages pünktlich hinter meinem Schalter auf meinem Stuhl. Meine Kollegen hatten die Heiterkeit des vergangenen Abends noch nicht ganz abgelegt. Aber sie mussten ihre Arbeit machen, und das taten sie auch. Die Filialleiterin ließ es sich nie nehmen, die Kollegen an allen Schaltern zu begrüßen, ehe sie in ihr Büro ging. An diesem Tag kam sie, kurz nachdem wir die Bankfiliale geöffnet hatten. Sie drückte einem nach dem anderen die Hand und richtete an jeden ein paar freundliche Worte. Ich kam wie immer als Letzter an die Reihe, und das nicht etwa, weil sie mich demütigen wollte, sondern vermutlich einfach nur, weil es nicht so wichtig war, mich zu begrüßen.

Sie sagte zu mir: »Ah, Gérald, guten Morgen, wissen Sie, wir haben Sie gestern Abend vermisst. Alle waren gut aufgelegt, und ich habe sogar Lambada getanzt. Wirklich schade, dass Sie nicht bleiben konnten.«

Ich antwortete ihr in neutralem Ton: »Ich war dabei, Madame.«

Verwirrt, ungläubig und ein wenig betroffen schaute die Filialleiterin mich einige endlose Sekunden an, ohne meine Hand loszulassen. Offenbar hatte es ihr die Sprache verschlagen. Da ihr nichts Vernünftiges einfiel, das ihre ungeschickte Bemerkung relativiert hätte, zwang sie sich zu einem Lächeln, stammelte fast unhörbar »Ja, sicher, wie dumm von mir …« und ging dann schnell mit geröteten Wangen davon. Ehe sie sich in ihr Büro zurückzog, bat sie irgendjemanden, ihr irgendeine Akte oder irgendeine Aufstellung herauszusuchen.

Ja, ich war gestern Abend dabei. Ich habe getrunken, gegessen, mitgefeiert, gelacht und den anderen beim Tanzen zugesehen. Ich bin sehr lange geblieben. Das weiß ich genau, denn ich gehörte zu den Letzten, die gingen. Ich habe sogar noch beim Aufräumen mitgeholfen, damit am nächsten Morgen in der Bankfiliale wieder Ordnung herrschte. Man stelle sich vor, die ersten Kunden müssten sich ihren Weg zwischen vertrockneten Petits Fours und leeren Flaschen hindurch bahnen. Ich war dabei. Und die Filialleiterin hatte es nicht bemerkt. Vielleicht war sich einfach niemand meiner Anwesenheit wirklich bewusst. Wieder einmal war ich dabei gewesen, ohne da zu sein, unbedeutend, durchsichtig, unfreiwillig eine Art Ektoplasma, ein geisterhafter Bankangestellter, ein unsichtbarer Mann. Bei einer Gesellschaft von zweihundert Personen kann man noch verstehen, dass einige Gäste nicht besonders auffallen und man sich nicht mehr genau erinnert, wer da war und wer nicht. Aber an jenem Abend waren wir um die zwanzig. Ich war einer von zwanzig Leuten. Und ich weiß sehr gut (nur allzu gut), dass es bei einer Gesellschaft von vier Personen dasselbe gewesen wäre, weil man mich niemals sieht.

Nachdem die Filialleiterin in ihr Büro gegangen war, blieb ich einen Moment stehen, als wollte ich den anderen zeigen, dass es mich gab. Ich sah mich um, doch niemand richtete seinen Blick auf mich, und ich setzte mich wieder hinter meinen Schalter. Ich legte ein paar Büroklammern in die Jakobsmuschel aus Plastik (ein Geschenk eines Kollegen) und stellte meine Kugelschreiber und Stifte in den Becher mit dem erstarrten Lächeln von William und Kate (den ein anderer Kollege zur Zeit der Prinzenhochzeit an der Waterloo Station gekauft hatte). Dann beugte ich mich über das winzige, mit einem Edelweiß verzierte Thermometer aus Thonon-les-Bains (ein Geschenk eines dritten Kollegen) und hob in Erwartung der morgendlichen Kundschaft den Kopf. Um mich zu beruhigen, sagte ich mir, dass meine Kollegen wohl doch hin und wieder an mich denken, wenn sie mir Geschenke machen. Ein schwacher Trost, denn zum Jahresende macht jeder jedem Geschenke. Also bekomme sogar ich welche, obwohl ich durchaus auch mehrmals vergessen wurde, was niemandem auffiel. Ich hütete mich natürlich davor, sie darauf hinzuweisen. Wozu sollte es auch gut sein, wegen unnützer hässlicher Geschenke irgendwelches Aufhebens zu machen?

Hinter dem Schalter sitzen drei Bankangestellte, zwei Männer und eine Frau. Bernard ist ein großer, dürrer, kahlköpfiger Mann, der aussieht wie eine Heuschrecke. Er schiebt seine Brille immer auf den Kopf, als wollte er sich der Illusion hingeben, noch Haare zu haben. Margot hätte man für eine alte Jungfer halten können, aber alle wissen, dass sie mehrere junge Liebhaber hat. Der Dritte im Bunde bin ich, und zu meiner Person lässt sich nichts Besonderes sagen. Niemals wendet sich jemand spontan an mich. Alle gehen zu Bernard oder Margot, die verpflichtet sind, die Kunden darauf hinzuweisen, dass es einen dritten geöffneten Schalter gibt. Die Kunden, die nur zwei Mitarbeiter gesehen haben (ohne dass eine böse Absicht dahintersteckt), scheinen sich jedes Mal darüber zu wundern. Man könnte meinen, sie verfügten alle über ein eingeschränktes Blickfeld. Dabei lege ich es keineswegs darauf an, übersehen zu werden. Weder verstecke ich mich hinter meinem Monitor, noch rutsche ich auf meinem Schreibtischstuhl nach unten. Nein, ich straffe vielmehr stolz und lächelnd die Schultern. Mir ist ein sonderbares Schicksal beschieden, das eines Mannes, zu dem niemand geht. Wenn ich mit jemandem spreche, habe ich das Gefühl, dass mein Gesprächspartner seinen Blick nicht auf mich richtet, sondern auf etwas *jenseits* von mir. Es ist so wie bei einem Fenster. Natürlich schaut man nicht auf die Fensterscheibe selbst, sondern auf das, was dahinterliegt. Genau so ist es bei mir auch. Ich komme mir vor wie eine Glasscheibe.

Das ist nichts Neues. Ich war schon immer eine Glasscheibe. Es ist schwer zu glauben, aber während meiner ganzen Schulzeit hat kein einziger Lehrer jemals mein Wissen abgefragt. Selbst dann nicht, wenn ich mich zu Wort meldete. Dieses eigenartige Verhalten der Lehrer mir gegenüber, gegen das ich nichts tun konnte, bemerkte ich sehr schnell. Darum meldete ich mich nicht mehr und hörte auf, den Unterrichtsstoff zu lernen. Dennoch durchlief ich meine Schulzeit ohne die geringsten Probleme. Bei den Zeugniskonferenzen im Juni, wenn sich alles entscheidet (Wiederholung der Klasse oder Versetzung), konnte kein Lehrer jemals beurteilen, was für ein Schüler ich war. Keiner war sich wirklich bewusst, mich in seiner Klasse gehabt zu haben. Jedenfalls hatte keiner deutliche Erinnerungen an mich oder hätte meinem Namen ein Gesicht zuordnen können. Daher bekam ich auf der Lehrerkonferenz stets eine gute Beurteilung und wurde immer in die nächste Klasse versetzt. Nach dem Motto: im Zweifel für den Angeklagten.

Während meines Militärdienstes später führte ich das Leben eines Drückebergers, was allerdings nicht in meiner Absicht lag. Niemals wurde ich zu besonders unliebsamen Arbeiten eingeteilt, niemals schikaniert und niemals bestraft. Niemals wurde an mir ein Exempel statuiert. Ich wurde immer vergessen.

Von dieser Warte aus betrachtet, scheint mein besonderes Schicksal beneidenswert zu sein. Und in gewisser Weise ist es das sicher auch. Ich bin da und gleichzeitig abwesend, ich existiere unbemerkt und verschmelze mit der Umgebung.

Wer hat noch nie davon geträumt, unsichtbar zu sein? Aber ich bin kein unsichtbarer Mensch. Ich bin der Mensch, den keiner sieht.

In Restaurants und Cafés bemerken die Kellner mich nie. Ich setze mich an einen Tisch, und dann sitze ich dort eine Viertelstunde oder noch länger und bemühe mich, Blickkontakt zu der Bedienung herzustellen, damit ich um eine Speisekarte bitten oder eine Bestellung aufgeben kann. In meiner Verzweiflung beginne ich zu winken und rufe resigniert: »Verzeihung ...« Doch meine Worte prallen von den Wänden des Lokals ab und verhallen auf dem Fußboden, ohne dass jemals ein Kellner sie aufschnappt. Sogar an der Theke, wo der Wirt sich normalerweise eifrig um seine Gäste bemüht, sobald sie dort auftauchen, stehe ich mir die Beine in den Bauch. Ein menschliches Wesen, eine richtige Person, ein richtiger Gast, für den sich niemand interessiert. Zumindest habe ich durch die Tatsache, durchsichtig zu sein, gelernt, mich in Geduld zu üben. Ich weiß, dass es nichts bringt, irgendeine neue Taktik auszuprobieren. Nach einer gewissen Zeit x, die stark variieren kann, kommt schließlich immer irgendein Typ mit einer weißen Schürze an meinen Tisch, als hätte er mich gerade erst gesehen, und fragt mich in gleichgültigem Ton: »Werden Sie schon bedient?« Wenn ich ein Geschäft betrete, kann ich mir wenigstens alles in Ruhe anschauen. Mir kommt nicht sofort eine zu stark parfümierte Verkäuferin mit wackelndem Hintern entgegengelaufen und fragt mich in einem viel zu sanften Ton: »Kann ich Ihnen helfen?« Es muss ja auch seine Vorteile haben, wenn man nicht existiert. Das ist mir klar, aber ehrlich gesagt schlafe ich deshalb nicht ruhiger.

Und das hat vor allem mit Victoire zu tun.

3

Die junge Angestellte der Banque Nationale de Paris

Sie ist ziemlich hübsch, die junge Angestellte der BNP-Filiale auf dem Boulevard Arago. Nein, das ist nicht angemessen formuliert: »Ziemlich hübsch« ist eine nichtssagende, banale Aussage. Man kann von einem kleinen Mädchen behaupten, dass es ziemlich hübsch sei, oder von einer Braut oder von einem Paar Schuhe oder von einem Kleid. Über Victoire kann man so nicht sprechen. Victoire ist auf gar keinen Fall »ziemlich hübsch«. Sie ist mit Sicherheit die hübscheste Angestellte in der ganzen Filiale oder vielleicht auf dem ganzen Boulevard oder sogar im ganzen Arrondissement. Um eine solche Behauptung überprüfen zu können, müsste man sie eigentlich mit allen Angestellten auf diesem Boulevard und in diesem Arrondissement vergleichen, mit sämtlichen Kellnerinnen, Sekretärinnen, Änderungsschneiderinnen, Friseurinnen, Verkäuferinnen in Tabakwarengeschäften, Schreibwarengeschäften, Kurzwarenhandlungen und Bäckereien. Aber das ist wohl kaum realistisch und auch nicht notwendig, denn Victoire ist wirklich sehr hübsch: braunhaarig, helle Augen, dunkler Teint, schlanke und geschmeidige Figur. Sie ist lebhaft und immer fröhlich. Ja, ihre gute Laune ist ansteckend. Und alle lieben sie. Ich ganz besonders.

Leider arbeitet sie nicht am Schalter, sondern in einer Abteilung in den oberen Stockwerken. Daher sehe ich sie nur selten (mit anderen Worten: nicht oft genug). Sobald sie in die Schalterhalle herunterkommt, ist es wie eine frische Brise, wie ein Geschenk. Man hat das Gefühl, die Sonne geht auf. Sie wirbelt durch den Raum und fordert alle auf, sich durch sie nicht stören zu lassen. Dann hockt sie sich vor einen Aktenschrank, überprüft ein Konto, flucht, weil sie eine Akte nicht findet, oder spricht über das Wetter oder das Fernsehprogramm vom vergangenen Abend oder über ihren Wunsch, in der Mittagspause ein neues Restaurant auszuprobieren. So ist Victoire: professionell und unbeschwert, also ungeheuer charmant. Zudem riecht sie gut, eine Mischung aus Zitronen und grünem Tee. Wenn sie an mir vorbeigeht, atme ich immer diskret ihren Duft ein, ohne mir jemals die Frage zu erlauben, welches Parfüm sie benutzt. Eines Tages wagte ich den Sprung ins kalte Wasser:

»Sie riechen gut, Victoire.«

Sie antwortete mit einem …

»Danke …«

… ernst und lächelnd, und damit war das Gespräch beendet.

Ich wäre froh, ihrer überdrüssig zu werden, um meinen Seelenfrieden wiederzuerlangen, doch es gelingt mir nicht.

An dem Abend, als wir Monsieur Bourlot mit unserer kleinen Feier in den Ruhestand verabschiedeten, tanzte Victoire mit allen, sogar mit der Filialleiterin (Lambada, womit Letztere am nächsten Tag kichernd geprahlt hatte). Es war eine Freude, Victoire zuzusehen, wie sie nacheinander zu den unterschiedlichsten Rhythmen tanzte. Unglaublich, diese geschmeidigen Bewegungen und diese unbefangene Fröhlichkeit einer jungen Frau, die nicht zu gefallen sucht, was sie unwiderstehlich macht. Zwischen dreieckigen Sandwiches, Törtchen und regelmäßig nachgefüllten Gläsern ließ ich sie nicht aus den Augen. Ich sagte mir, dass sie, wenn sie mit allen tanzt, im Grunde mit niemandem tanzt, jedenfalls mit keiner bestimmten Person, und das gefiel mir ausgesprochen gut. Man kann nämlich behaupten, dass ich auf Victoire stehe. Ich bin total verrückt nach ihr. Allein der Gedanke an sie erregt mich. Verzeihen Sie bitte, wenn ich es so deutlich sage, aber genau so ist es.

Nach einem unfreiwillig komischen Tango mit dem ein wenig beschwipsten stellvertretenden Filialleiter setzte Victoire sich zu mir. Sie roch noch besser als sonst, denn ihr Parfüm vermischte sich mit einem herrlichen Schweißgeruch. Ein paar Haarsträhnen klebten auf ihrer Stirn, und sie rang nach Atem.

»Tanzen Sie nicht?«

»Nein, tut mir leid … Früher schon, da habe ich sehr gerne getanzt …«

»Früher?«, fragte Victoire und nahm sich ein Glas Champagner.

»Ein böser Skiunfall … der Meniskus …«

»Ach, wie schade.«

»Ja, schade ...«

Anschließend ging sie sofort weg, um zusammen mit den anderen einen Madison zu tanzen (die Gespräche mit Victoire dauerten nie lange). In meinem ganzen Leben bin ich noch nie Ski gefahren und weiß nicht einmal genau, was der Meniskus ist. Ich war erleichtert, dass ich nicht mit der hübschesten Angestellten vom ganzen Boulevard Arago und des gesamten dreizehnten Arrondissement tanzen musste. Natürlich hätte ich mich ungeschickt angestellt. Meine uneingestandene Liebe hätte nicht dazu beigetragen, der beste Tänzer des Abends zu werden. Eher das Gegenteil wäre wohl der Fall gewesen. Wenn man kein Talent hat, ist Tanzen eine Qual. Dann noch mit der Frau zu tanzen, in die man heimlich verliebt ist, stellt mit Sicherheit die schlimmste Herausforderung dar, die man sich vorstellen kann. Ich weiß, wovon ich spreche.

Es erleichtert zwischenmenschliche Beziehungen nicht, wenn man ein unscheinbarer Mensch ist, vor allem nicht die zu Frauen. Ich lebe zwar allein, hatte aber schon ein paar Beziehungen. Es war nie die große Liebe, jedenfalls keine mit rosaroten Wolken und Schmetterlingen, aber man kann durchaus von Beziehungen sprechen. Mehrmals habe ich mit einer Frau unter einem Dach gewohnt. Fünf Monate in Folge waren mein Rekord. Irgendwann wurde ich der Sache immer überdrüssig, und es folgte die Trennung in gegenseitigem Einvernehmen. Ich bereute nichts und litt nicht unter meiner Einsamkeit, bis sie mir eines

Tages doch zu schaffen machte. Wie Sie sehen, bin ich nicht das, was man sich unter einem unsympathischen eingefleischten Junggesellen vorstellt, über den die Leute immer diese typischen Witze reißen. Ich kleide mich recht fantasielos, weil ich nie Interesse daran hatte, mich intensiv mit diesem Thema zu beschäftigen. Sommers wie winters trage ich dieselbe Kleidung – wie viele andere Männer auch. Ich unterscheide zwischen der Kleidung, die ich wochentags in der Bank trage (grauer Anzug, weißes Hemd, dezente Krawatte), und der, die dem Wochenende vorbehalten ist (Polohemd, Freizeitjacke, Stoffhose). Ich rasiere mich, wasche mir alle zwei Tage die Haare, wechsle regelmäßig die Handtücher im Bad, kann mich seit längerer Zeit nicht zwischen verschiedenen Rasierwassern entscheiden, benutze aber immer eins. Ich bin freundlich, gebe den Bettlern immer ein paar Münzen, lächle den Geschäftsleuten zu, halte die Tür in der Metro auf, sage »guten Tag, auf Wiedersehen, danke«, wenn es angebracht ist, unterhalte mich nett mit der Inhaberin der Reinigung, überquere die Straße bei Grün, remple niemals jemanden auf dem Bürgersteig an und telefoniere nicht im Bus. Wie man sieht, bin ich ein zivilisierter Mann, also durchaus liebenswert. Allerdings weiß das niemand. Wie soll man heiter und ausgeglichen sein, wenn man in einem Café über zehn Minuten warten muss, bis ein Kellner einen nach seinen Wünschen fragt?

Wann immer ich versucht habe, die Aufmerksamkeit einer jungen Dame, die ich erobern wollte, auf mich zu lenken, mit ihr in Kontakt zu kommen und ihr zu beweisen, dass ich existierte, scheiterten meine Bemühungen. Die Frauen, mit denen ich eine längere oder kürzere Affäre hatte, landeten aus Versehen in meinen Armen: Liebeskummer, der aus dem erstbesten einigermaßen aufmerksamen Mann den idealen Seelentröster macht; Langeweile, Melancholie, Trunkenheit. Bisher habe ich noch keine Frau wirklich erobert.

Victoire wird gewiss kein Auge auf mich werfen, weil ich jeden Tag pünktlich hinter meinem Schalter stehe. Ich kann mir kaum vorstellen, dass sie eines Tages wie aus heiterem Himmel zu mir sagt: »Gérald, Sie sind der Mann meines Lebens, kommen Sie, wir fahren nach Trouville und essen Meeresfrüchte!« Nein, so beginnen Liebesgeschichten nicht. Ich weiß das, denn ich habe viel gelesen. Meine Kenntnisse über die Liebe entstammen größtenteils der Literatur. Ich neigte schon immer dazu, nichts dem Zufall zu überlassen. Mir ist es lieber, wenn ich es mit etwas zu tun habe, das planbar, kalkulierbar und vorhersehbar ist. Schließlich kam ich zu dem Schluss, dass ich eine originelle, spektakuläre und unvernünftige Heldentat vollbringen musste, wenn ich Victoire eines Tages in meinen Armen halten wollte. Ist Leidenschaft denn vernünftig? Vielleicht sollte ich besser fragen: Ist es vernünftig, sich der Leidenschaft hinzugeben? Und damit kommen wir zu der grundsätzlichen Frage: Ist es vernünftig, vernünftig zu sein?

Ich wusste, dass ich, um Victoires Herz zu erobern oder zumindest ihre Aufmerksamkeit auf mich zu lenken, etwas Großartiges vollbringen musste, das sie sprachlos machen würde. Jedenfalls musste ich irgendetwas tun. Ich träume oft davon, dass in der Bankfiliale durch einen Kurzschluss ein Feuer ausbricht, damit ich sie wagemutig aus den Flammen retten kann. Oder dass ich sie mit meinem Körper schütze, wenn die eingezogene Decke mit den vielen Strahlern herunterzufallen droht. Allerdings gab es in unserem elektrischen System noch nie eine Störung, und die Zwischendecke ist so stabil wie eine richtige Decke. Darum musste ich mir etwas anderes einfallen lassen.

Und so wurde die Idee geboren, durch den Ärmelkanal zu schwimmen. Um Eindruck bei ihr zu schinden.

4

Die Planung meines Abenteuers

Zwar war ich überzeugt vom Erfolg meines Vorhabens, durch den Ärmelkanal zu schwimmen, aber ob ich auch in der Lage wäre, es durchzuführen, stand auf einem anderen Blatt. Doch der Gedanke an die wundervolle Victoire und ihr wundervolles Lächeln trieb mich an. Ich wollte sie beeindrucken. Nicht nur ihr Lächeln spornte mich an, das ich ja bereits kannte, sondern auch ihr Hintern, ihre Hüften, ihre Oberschenkel und ihre Brüste, jene Körperteile, die bisher nur Teil meiner Träume und Wunschvorstellungen waren. Und so kraulte ich eines schönen Tages ungeschickt, aber beharrlich durch das graugrüne Meerwasser, das insbesondere auf einen Schwimmanfänger wenig einladend wirkt.

Ich erinnere mich an Schwimmkurse an der Küste der Normandie, im Becken des Mickymausklubs, die ein mürrischer Schwimmlehrer leitete. Er verstand nicht, warum ich mir so viel Mühe gab unterzugehen, anstatt an der Oberfläche zu bleiben. Er ließ meine Eltern wissen, dass ich niemals schwimmen lernen würde. Mit dieser Vermutung lag er schief. Ich erlernte es nämlich – spät zwar, das stimmt, denn ich war bereits fünfzehn –, aber für meine Verhältnisse war das ganz normal. Ich erlernte niemals etwas früher als andere, weder Schwimmen noch Fahrradfahren noch Klettern an einem Kletterseil, und es hat lange gedauert, bis ich mich entschloss, den Führerschein zu machen. Als ich das erste Mal ein Mädchen geküsst habe, behaupteten meine Studienkollegen, schon Sex gehabt zu haben. Als ich das erste Mal einen BH aufgehakt und das erste Mal Brüste gestreichelt habe, lebten die meisten meiner Freunde schon mit einer Frau zusammen, und manche sprachen schon vom Heiraten. Doch um die einzelnen Stufen in einer Liebesbeziehung in normalem Tempo zu erklimmen und die berauschenden Zwischenstufen der sexuellen Erfahrungen kennenzulernen, musste ich darauf warten, dass man sich für mich interessierte. Wenn ich hier von »man« spreche, meine ich natürlich die »Mädchen«. Ich muss sagen, dass ich niemals wirklich darunter gelitten habe, später als andere meine Erfahrungen zu sammeln. Wenn ich alles später als andere erlerne, bin ich auch nicht so schnell gelangweilt. Außerdem sage ich mir, dass ich mit ein wenig Glück vielleicht länger leben werde als die anderen, wenn ich immer nach allen anderen drankomme.

Im Augenblick schwimme ich also. Ich bemühe mich, einen gleichmäßigen Rhythmus zu finden und an nichts zu denken. Fünfunddreißig Kilometer, das ist nicht die Welt. Dieser Gedanke kommt wie gerufen, denn er lenkt mich ab. Ich bin nicht müde, komme gut voran und wundere mich, dass ich eine gewisse Freude bei der Ausübung jener Sportart verspüre, die ich bisher immer abscheulich fand. Allerdings bin ich bis zum heutigen Tage, dem 21. Juni, auch niemals für eine Frau geschwommen. Während meine Arme gleichmäßig das Wasser teilen und meine Beine sie mit mühseligen, wellenartigen Bewegungen begleiten, führe ich mir noch einmal die einzelnen Etappen meiner wahnwitzigen Herausforderung vor Augen.

Zuerst kaufte ich mir eine Michelin-Straßenkarte, um herauszufinden, wo sich die schmalste Stelle des Ärmelkanals befand. Ich sah sofort, dass die Entfernung zwischen Dover und Calais die kürzeste war. Das ist übrigens auch die Strecke des Tunnels unter dem Ärmelkanal ebenso wie die, die Louis Blériot, höher und früher, im Jahr 1909 zurückgelegt hat. Mithilfe eines Schullineals von zwanzig Zentimetern Länge übertrug ich den von Michelin angegebenen Maßstab auf die Entfernung zwischen Dover und Calais. Meiner Meinung nach war die Strecke nicht unüberwindbar. Mein Plan, durch den Ärmelkanal zu schwimmen, um Victoire zu erobern, schien mir zwar etwas überspannt, aber durchaus durchführbar zu sein.

Anschließend erkundigte ich mich, welches die durchschnittliche Geschwindigkeit eines normalen Schwimmers ist. Zwischen drei und vier Stundenkilometer, wurde mir gesagt. Bei einer Durchschnittsgeschwindigkeit von 4 km/h könnte ich die Durchquerung demnach in gut acht Stunden schaffen. Aber machen wir uns nichts vor: 4 km/h ohne Training, das ist entschieden zu optimistisch. Ich fand es realistischer, von einer Durchschnittsgeschwindigkeit von 2,5 km/h auszugehen. Unter Berücksichtigung einiger notwendiger Pausen von zwei oder drei Minuten, während derer ich den toten Mann machen und die Nase in die Luft strecken würde, bedeutete das eine Zeit von vierzehn oder fünfzehn Stunden. Wenn ich sehr früh in Dover aufbrach, könnte ich am Ende des Tages in Calais ankommen. Es war der perfekte Plan. Sollte Victoire dann nicht in meine Arme sinken, wollte ich jede Hoffnung sie betreffend aufgeben, in Zukunft jeder Verliebtheit abschwören und mich schlicht weigern, aufgrund eines leisen Herzklopfens aus der Fassung zu geraten. Den Rest meines Lebens würde ich in den Armen jederzeit verfügbarer Prostituierter verbringen (Pleonasmus), die ebenso wie die Selbstbefriedigung nach einer großen Enttäuschung in der Liebe die einzige Rettung bieten.

Zum ersten Mal in meinem Leben betrat ich ein großes Sportgeschäft, um die Ausrüstung zu kaufen, die ich für mein Vorhaben benötigte. Es riecht hier unangenehm nach Gummi und Plastik, und ich komme aus dem Staunen nicht mehr heraus. In verschiedenen Abteilungen wird das Zubehör für die unterschiedlichen Sportarten angeboten. Ich sehe kleine Mädchen, die in Begleitung ungeduldiger Mütter Reitkappen anprobieren; zukünftige Tennis-Champions, die mit dem Schläger in der Hand, aber ohne Ball und Gegner, Rückhand und Vorhand üben; Rentner, die Boulekugeln in den Händen wiegen, und Jugendliche, die ratlos vor einer Wand mit Turnschuhen in allen möglichen Farben stehen. Ein Verkäufer ist nicht in Sicht, und da die Möglichkeit besteht, dass sich sowieso keiner für mich interessiert, gehe ich zur Kasse und erkläre, dass ich gerne beraten werden möchte. Die Kassiererin nimmt ihr Mikro in die Hand und schreit durch das ganze Geschäft: »Bitte ein Verkäufer in die Schwimmabteilung.« Ich begebe mich sofort dorthin, und kurz darauf taucht ein gelangweilter Mitarbeiter auf.

»Sind Sie der Kunde, der um eine Beratung gebeten hat?«

»Ja.«

»Was brauchen Sie?«

»Ich weiß nicht. Alles.«

»Was haben Sie vor?«

»Ich möchte durch den Ärmelkanal schwimmen.«

»Schwimmen können Sie hoffentlich?«

(Der Verkäufer macht einen Scherz, und ich lächle. Ich bin ein Kunde, wie ihn sich alle wünschen, denn ich lache über die blödesten Witze. Alle Verkäufer sollten beten, nur Kunden wie mich zu haben.)

»Es reicht aus, aber ich bin kein Profischwimmer.«

»Warum wollen Sie das machen?«

»Darum.«

Ich habe schon zu viel gesagt und werde diesem Typen, den ich nicht kenne, auf gar keinen Fall meine Liebe zu Victoire gestehen. Für diesen Verkäufer besteht kein Risiko, jemals ein solches Abenteuer zu erleben wie ich. Jedenfalls sieht er nicht so aus. Dieser unscheinbare Typ sieht aus, als könnte er nichts anderes als Sportartikel verkaufen, auf das Wochenende warten und sich mit einem bescheidenen Leben begnügen. Er gibt sich mit dieser kurzen Antwort zufrieden und begreift, dass es besser ist, nicht nachzuhaken. Er geht mit mir in die entsprechenden Abteilungen und verkauft mir die folgenden Dinge:

1. Einen Taucheranzug, damit ich nicht schrumpelig wie ein alter Apfel in Calais ankomme (man stelle sich Victoires Gesicht vor, wenn sie einen verliebten alten Mann aus dem Wasser steigen sieht!)
2. Eine Tauchermaske
3. Einen Schnorchel
4. Paddles, um die Handflächen zu vergrößern und kraftvoller zu schwimmen
5. Riesige Schwimmflossen

Nie zuvor habe ich so große Schwimmflossen gesehen. Ich frage mich, ob ich womöglich früher als vorgesehen in Calais ankommen werde.

Außerdem verkauft der Verkäufer mir einen kleinen, wasserdichten Rucksack, der sich zwar vermutlich negativ auf den Strömungswiderstand auswirkt, aber in den ich ein paar Flaschen mit Energiedrinks und Proteinriegel (die er mir in die Hand drückt) packen kann. Auf diese Weise könne ich einen toten Punkt überstehen, den ich häufiger haben werde, versichert er mir. Das passiere allen Profis und mir mit Sicherheit erst recht. Ich werde daher nicht nur für Victoire schwimmen, sondern auch für diesen arroganten Verkäufer, um ihm zu beweisen, dass er sich in

Bezug auf meine Person irrt. Trotz meiner mäßigen Konstitution und meines durchschnittlichen Körperbaus kann ich durchaus ein Abenteuer bestreiten und werde nicht vor Calais schlappmachen.

Ich gehe an die Kasse, aber die Kassiererinnen unterhalten sich über eine Fernsehserie, die sie gestern Abend im Fernsehen gesehen haben. Ich warte, dass sie den Kopf heben und mich wahrnehmen, aber das geschieht nicht. Nach einer Weile gehe ich kurz entschlossen an ihnen vorbei, worauf die Sirene der elektronischen Artikelsicherung ertönt. Ich drehe mich zu dem Mitarbeiter des Sicherheitsdienstes um, der mir ein breites Lächeln schenkt. Offenbar sehe ich für ihn nicht wie ein gefährlicher Verbrecher aus, und er nimmt an, dass das Alarmsystem defekt ist. Folglich stehe ich wie schon so oft mit teuren Artikeln auf der Straße, die ich nicht bezahlt habe.

Anschließend kehre ich nach Hause zurück, ziehe mich aus und probiere vor dem Spiegel den Taucheranzug, die Tauchermaske, den Rucksack, die Paddles und die Flossen an. Ich mache eine gute Figur, aber noch bin ich ja auch auf dem Trockenen. Ich lasse Wasser in die Badewanne laufen und tauche unter. Die Flossen ragen aus dem Wasser heraus und sind nicht einfach zu benutzen (im Ärmelkanal wird die Sache ganz anders aussehen). Als ich versuche, die beste Position einzunehmen, fliegen die Seife und das Shampoo durch die Luft. Ein paar Stunden bleibe ich in der Wanne liegen und warte, dass die Wassertemperatur sinkt. Ich stelle fest, dass ich nicht friere, und bleibe noch eine Weile. Dieser Taucheranzug ist in der Tat eine gute

Anschaffung. Mir geht es prima. Es ist fast Mitternacht, als ich aus der Wanne steige und mich mühsam von meiner Ausrüstung befreie. Als mein Blick zufällig auf mein Spiegelbild fällt, stelle ich mir vor, ich wäre eine Raupe in einem Tierfilm, und zwar in dem Augenblick, als sie sich mühsam von dem Kokon befreit, um ein Schmetterling zu werden. In dieser Nacht habe ich einen leichten Schlaf.

Ich plane meine Reise bis ins kleinste Detail: Am 21. Juni will ich durch den Ärmelkanal schwimmen, weil es der längste Tag des Jahres ist. Weil ich mich vor den bösen Kreaturen in dem dunklen Wasser fürchte, habe ich keine große Lust, nachts zu schwimmen. Ich werde alte Kleidung anziehen, an der ich nicht hänge. Tauchermaske, Flossen und die anderen Sachen packe ich in eine einfache Plastiktüte. An Bord eines Luftkissenfahrzeugs fahre ich nach England. Auf diese Weise bin ich gleich am Strand, und es kann sofort losgehen.

Am Abend des 20. Juni sitze ich also an Bord des Hovercraft und fahre von Calais nach Dover. Fasziniert schaue ich auf die französische Küste, von der ich mich entferne (ebenso wie ich mich vorübergehend von der Liebe meines Lebens entferne, aber nur, um sie besser erobern zu können). Das Wasser strömt unter mir hindurch, und am Heck des Schiffes spritzt die schäumende Gischt in die Luft, während das dumpfe Dröhnen des Motors ertönt. Mein Herz zieht sich ein wenig zusammen. Morgen werde ich in einem weniger spektakulären Tempo, ohne Gischt und ohne Kielwasser, dafür jedoch mit einer Entschlossenheit, die mich schon jetzt erstaunt, in die entgegengesetzte Richtung schwimmen, wo meine große Liebe mich erwartet. Die Passagiere rings um mich herum ahnen nichts von meinem Vorhaben. Ungeheurer Stolz erfüllt mich, ein wahnsinniges Wohlgefühl, das nichts und niemand zu beeinträchtigen vermag. Der Gedanke, in Kürze ein Held zu sein, beschert mir eine innere Ruhe, die nicht größer sein könnte. Ich lächle still vor mich hin und starre in die Ferne. Der Horizont verschwimmt vor meinen Augen, und dann steigt in Zeitlupentempo die übergroße Silhouette von Victoire aus dem Wasser auf, die in einem knappen Bikini auf mich zukommt. Nie zuvor sah sie hübscher aus. Natürlich lächelt sie mich an und streckt mir einladend die Arme entgegen. Das ist meine heimliche Motivation am Tag vor dem großen Abenteuer.

Vor meiner Abreise aus Paris habe ich einen Brief auf Victoires Schreibtisch gelegt, in dem ich sie bitte, sich am Abend des 21. am Strand von Calais einzufinden. In dem Brief stand nicht, warum, weil ich das Überraschungsmoment für mich nutzen will. Ich schrieb nur: »Liebe Victoire, bitte seien Sie am Abend des 21. Juni am Strand von Calais. Schauen Sie aufs Meer und warten Sie auf mich. Ich komme. Gérald.« Ich weiß nicht, wie groß der Strand dort ist, doch das spielt auch keine Rolle, denn ich bin zuversichtlich. Es ist vollkommen ausgeschlossen, dass ich das alles vergebens mache oder dass sie nicht kommt oder dass sie sich im Datum irrt oder dass sie verhindert ist oder es vergisst. Es kann einfach nicht sein, dass dieses Treffen am Strand sie kaltlässt oder dass diese Überraschung für sie kein Grund ist, die Reise auf sich zu nehmen, oder dass sie die Aufforderung für einen schlechten Scherz hält. Victoire wird kommen und am rechten Ort stehen.

Nach meiner Ankunft in Dover gehe ich von Bord. Ich entferne mich von dem Luftkissenfahrzeug und steuere auf den Strand zu. Es ist mild. Mein Englisch ist eine Katastrophe, aber ich rechne nicht damit, dadurch in Schwierigkeiten zu geraten. Ich habe nicht die Absicht, hinterhältige Einheimische anzusprechen. Es besteht auch nicht die Gefahr, dass mich jemand nach irgendetwas fragen könnte, weil mich nie jemand etwas fragt. In Frankreich bin ich durchsichtig, und es gibt keinen Grund, warum ich im Ausland nicht ebenfalls durchsichtig sein sollte. Ich setze mich an den Strand und starre, wie ein Torero auf einen Stier starrt, auf das düstere Wasser mir gegenüber, dieses verlockende Meer im Licht der Dämmerung. Ich bin fest entschlossen, es zu besiegen. Morgen wird dieses Meer mir gehören, ebenso wie Victoire, deren Name nie besser zu ihr gepasst hat.

Da ich nichts anderes zu tun habe, betrachte ich den Horizont, der gar nicht so weit entfernt zu sein scheint. Schließlich wird er wieder unscharf, und ich hoffe, dass erneut die Frau meiner Träume erscheint, eine Fata Morgana, die aus dem Meer aufsteigt, die Heldin von Botticelli oder das Covergirl einer Frauenzeitschrift, doch nichts dergleichen geschieht. Ich sehe nur ein paar Kinder, die Fangen spielen oder um die Wette Kieselsteine über die Wasseroberfläche springen lassen, und die letzten schweigenden, erschöpften Spaziergänger, deren Mischlingshunde um sie herumspringen. Dann nichts mehr, nur die Stille eines menschenleeren Strandes in Dover, am 20. Juni, in dem Augenblick, als die Sonne allmählich untergeht. Auch ich sollte mich nun hinlegen, wenn ich morgen früh in Form sein will. Ich esse das Sandwich, das ich für dieses einsame Mahl vorbereitet habe. Mir ist bewusst, dass es mein letztes ist, ich meine, mein letztes einsames Mahl. Da ich weiß, dass ich in viel zu kaltem Wasser schwimmen werde (trotz des Taucheranzugs), habe ich ein halbes Baguette mit lauter besonders kalorienreichen Dingen belegt: mit Erdnussbutter, kaltem Schweinebraten, Mayonnaise, hart gekochten Eiern, Kartoffelscheiben und geräucherter Streichwurst. Ich ekele mich ein wenig vor diesem Essen, das für mich viel zu üppig und auf jeden Fall ungewohnt ist. Daher esse ich nur die andere Hälfte des Baguettes, die ebenso üppig belegt ist, aber mit süßen Sachen wie Maronencreme, Kondensmilch und so weiter. Ich trinke Mineralwasser und geniere mich nicht, an diesem menschenleeren Strand laut zu rülpsen. Anschließend steige ich die Dünen hinauf und suche mir im Gras eine Mulde. Sie ist perfekt und wird für diese Nacht mein Zimmer sein. Ich ziehe mich nackt aus, denn ich riskiere höchstens, ein paar Möwen mit stechenden Blicken zu schockieren. Einige Minuten bleibe ich so stehen, splitternackt, und atme tief ein. Eine milde Brise streicht über mein Gesäß, und ich bekomme beinahe eine Erektion. Der Gedanke an morgen verleiht mir ein durch nichts zu erschütterndes Gefühl ungeheurer Stärke.

Eine Weile gebe ich mich vollkommen dem Augenblick hin und genieße diese Kraft, mit der ich nicht gerechnet hatte. Mir ist ein wenig übel, nachdem ich das sonderbare Baguette verschlungen habe. Aber mich erfüllt die Gewissheit, dass jetzt nichts Schlimmes mehr passieren kann. Ich freue mich des Lebens und all der Dinge, die es für mich vorgesehen hat, kurzum, Teil des Kosmos zu sein. Ich ziehe meinen Taucheranzug an, um mich gegen die kühle Nacht zu wappnen. Meine Kleidung und die Dinge, die ich morgen brauche, rolle ich zusammen und benutze sie als Kopfkissen. Glücklich strecke ich mich in der Mulde in dieser gemütlichen Düne aus und warte, dass der Schlaf mich übermannt. Wer noch nie am Tag vor der Durchquerung des Ärmelkanals an einem 20. Juni in einem Neoprenanzug in Dover geschlafen hat, kann sich das Glück nicht vorstellen, das mich in diesem Moment erfüllt.

Leider verhindert die verständliche Aufregung, die ich verspüre, dass ich in Schlaf sinke (hoffentlich sinke ich morgen nicht auf den Grund des Ärmelkanals). Ich wälze mich hin und her wie ein Frosch in einem Versuchslabor, in dessen Schenkel die perversen Wissenschaftler Stromstöße schicken wollen, ohne dass es ihnen gelingt. Und je öfter ich mir sage, dass ich morgen früh unbedingt in Form sein muss, desto schlechter komme ich zur Ruhe. Ah, wie schön die Durchquerung des Ärmelkanals nach einer schlaflosen Nacht sein wird … Glücklicherweise wird die Liebe mir samtweiche Flügel verleihen, und dann müssen mir nur noch die Wellen wohlgesinnt sein.

5

Auf dem Heimweg

Als ich vor einiger Zeit die Bankfiliale verließ, um mich auf den Heimweg zu machen, nahm ich wie jeden Tag die Metro. Täglich drei Stationen, die ich gut kenne. An der Station Jussieu, deren Gänge und Abkürzungen kein Geheimnis für mich sind, steige ich immer um. Kurze Zeit später stehe ich wieder an der frischen Luft, und nach ein paar Schritten bin ich in meinem Viertel. Es ist etwas abgelegen und geheimnisvoll, abgegrenzt von meinem beruflichen Umfeld. In der Bank hat sich noch nie jemand gefragt (mich auch nicht), wo ich wohne. Dort, wo ich wohne, fragt sich niemand, wo ich arbeite, und noch weniger, was ich beruflich mache. Ich bin ein unbedeutender Zeitgenosse, um den sich niemand sorgt und von dem man sich nicht vorstellen kann, dass er krank oder gesund ist, arm oder reich, hungrig oder satt, Wünsche hat oder enttäuscht ist. Ein Mensch, dessen Verschwinden niemand bemerkt, wenn er von einem Auto überfahren wird. Vermutlich würde er es nicht einmal dann zum unfreiwilligen Helden einer kleinen Zeitungsmeldung bringen. Aber von dieser Seite besteht keine Gefahr. Er passt immer auf, wenn er die Straße überquert.

Auf dem Weg von der Metro zu meiner Wohnung komme ich an einer Bäckerei vorbei, in der ich jeden Tag ein viertel Baguette kaufe. An dieser Stelle sei mir ein kurzer, lehrreicher Einschub erlaubt. Es geht um etwas, das nur wenige Leute wissen. Jeder hat das Recht, in einer Bäckerei ein viertel Baguette zu kaufen. Der Verkauf darf keineswegs verweigert werden, andernfalls könnte man mit einer Beschwerde bei der Gewerbeaufsicht drohen. Seit vielen Jahren kaufe ich also jeden Tag ein viertel Baguette bei dieser Frau, die sich hinter ihrer blauen Schürze und ihrem aufgesetzten Lächeln versteckt. Ich habe das Recht dazu, und da ich meistens alleine lebe, ist es genau die Menge, die ich brauche. Mit dem abgezählten Geld in der Hand betrete ich das Geschäft. Ich gehe davon aus, dass die mit Mehl bestäubte, bornierte Verkäuferin längst weiß, was ich täglich bei ihr kaufe. Dennoch fragt sie mich:

»Und was darf es für den Herrn sein?«

… womit sie meine Geduld als Kunde auf eine harte Probe stellt. Ich antworte ein wenig beschämt (beschämt, weil ich so wenig kaufe):

»Ein viertel Baguette, bitte«, und unterdrücke den ungeheuren Drang hinzuzufügen: »Wie jeden Tag. Das wissen Sie genau.«

Sie bedient mich widerwillig, und ich verlasse das Geschäft mit dem viertel Baguette in meiner Aktentasche, während die anderen drei Viertel zurückbleiben, aber das ist nicht mein Problem. Ich habe die Vorschriften des Bäckerhandwerks nicht gemacht. Soll sie sich doch bei der Gewerkschaft beschweren.

Anschließend gehe ich nach Hause. Ich greife nach den Schlüsseln unten in meiner Tasche, drehe mich diskret zu den Passanten um, die nach Hause eilen oder die Treppe zu einer Metrostation hinuntersteigen. Plötzlich sehe ich eine Person mit traurigem, beschämtem Gesicht, die keuchend wie eine Lokomotive ohne Dampfwolke die Straße hinuntergeht: ein Walross. Eine unvorstellbar dicke Frau, die vielleicht zweihundert Kilogramm wiegt, jedenfalls nicht weniger als hundertfünfzig. Unbeholfen und verwirrt, weil das Leben ihr dieses enorme Gewicht aufgebürdet hat, bewegt sie sich mit dem Tempo einer riesigen, blutarmen Schnecke auf ihr Ziel zu, das ich nicht kenne. Die Passanten, die ihr entgegenkommen, werfen ihr empörte oder gleichgültige Blicke zu. Es betrübt sie, so viel Platz in Anspruch zu nehmen, und sie entschuldigt sich beinahe, dass sie nur so langsam vorankommt. Ich stelle mir vor, wie sie mühsam die wenigen Stufen hinaufsteigt, die zu ihrem kleinen Aufzug führen, und sich hineinzwängt. Wenn sie in der Kabine steht, passt niemand mehr hinein. Nicht einmal ein dünnes Kind aus dem Haus kann noch zusteigen, weil die Gefahr besteht, es an der Wand zu zerquetschen. Während sie zu ihrer Etage hinauffährt, betet sie, der Aufzughersteller möge Erbarmen mit ihr haben und dafür sorgen, dass der Aufzug nicht auf halber Strecke stecken bleibt. Dann betritt sie durch die immer schmaler werdende Tür ihre Wohnung. Schließlich lässt sie sich erschöpft auf eine Couch fallen und schaut gelangweilt nach, was das Fernsehen an herzergreifenden Liebesfilmen zu bieten hat.

Es kommt vor, dass ich diese bedauernswerte, dickleibige Frau beneide, die niemand über eine Schwelle tragen kann und die seit vielen Jahren ihre eigenen Füße nicht mehr gesehen hat. Man fragt sich, wie es ihr gelingen mag, ihren Intimbereich zu erreichen, wenn sie an gewissen Abenden den Wunsch verspürt, sich ihr Leben zu versüßen, aber es passiert häufig, dass ich diese Frau beneide, weil die Menschen sie wenigstens wahrnehmen. Dennoch kann ich mich nicht entschließen, in ihre Fußstapfen zu treten, das heißt, pausenlos Essen in mich hineinzustopfen, um ebenfalls dick und fett zu werden. Es besteht nämlich das Risiko, am Ende ein Fettkloß und immer noch durchsichtig zu sein. Das würde mich in tiefste Verzweiflung stürzen. Dann bliebe mir nichts anderes mehr übrig, als mich vor eine Straßenbahn zu werfen, auch auf die Gefahr hin, dass sie entgleist.

Vollgestopft mit dem kalorienreichen Sandwich denke ich immer wieder an dieses städtische Walross. Wie ein Lurch lege ich mich in die Mulde einer englischen Düne und sinke schließlich in einen tiefen Schlaf. Mein Kopf liegt auf meiner Hose und dem Hemd, die ich zusammengerollt habe. Mein Körper ist umhüllt von diesem wunderbaren Taucheranzug, der alle Federbetten der Welt auf die Ränge einfacher Geschirrtücher verweist.

Als ich mich gerade in die Welt meiner Lieblingsträume flüchten will (in denen ich in einer Welt lebe, die es nicht gibt), werde ich durch den grellen Strahl einer Maglite geweckt, der mir mitten ins Gesicht scheint. Wie spät es ist, weiß ich nicht, da ich hier keinen Wecker mit Leuchtziffern auf einem Nachttisch stehen habe. Kräftige, dunkle Gestalten, die ich nicht erkennen kann, weil sie mich beleuchten, stellen mir in einem eher erstaunten als aggressiven Ton Fragen auf Englisch. Ich verstehe kein Wort. Es ist mir nie gelungen, die geringsten Fortschritte in diesem sonderbaren Kauderwelsch zu machen, zumal meine Lehrer sich nie bewusst waren, dass ich an ihrem Unterricht teilnahm. Sprachlos und verdutzt begnüge ich mich damit, mehrfach *»hotels full, hotels full«* zu wiederholen, um meine Anwesenheit im Freien zu rechtfertigen. Leider erreiche ich dadurch gar nichts, denn auf diesem Ohr sind die beiden nächtlichen Gestalten taub. Ich nehme an, sie erklären mir, dass es verboten ist, am Strand zu schlafen, und ich ihnen daher folgen muss. Es ist nicht etwa so, dass ich plötzlich wie durch ein Wunder Englisch verstehe. Dennoch besteht kein Zweifel. Die beiden Polizisten helfen mir, aufzustehen und meine Sachen zusammenzupacken. Offenbar werden sie nicht zulassen, dass ich hier schlafe, und mir auch kein Hotel für die Nacht vorschlagen.

In meinem Taucheranzug und mit den Schwimmflossen unter dem Arm finde ich mich auf der Polizeiwache von Dover wieder (ein paar andere Personen, deren Papiere ebenfalls überprüft werden, mustern mich erstaunt. In diesem Aufzug bemerken die Leute mich wenigstens).

Sie verlangen meinen Ausweis zu sehen und überprüfen, ob ich womöglich ein gefährlicher Terrorist bin, der hier gerade an Land gegangen ist, um ein Attentat auf die Königin zu verüben. Dann stellen sie mir wieder eine Menge Fragen, mit denen sie logischerweise zu erfahren versuchen, warum ich schlafend an diesem Strand gelegen habe. Anstatt ihnen zu antworten, blicke ich sie traurig an und setze eine Unschuldsmiene auf, was für mich umso einfacher ist, da ich mir nichts vorzuwerfen habe. Sie stellen mir neue Fragen (sollten es nicht dieselben sein), aber nicht mehr mit so viel Nachdruck wie zu Beginn der Befragung. Irgendwann hören sie auf, vermutlich weil sie der Sache überdrüssig sind, und schließlich vergessen sie mich, wie immer. Ich verbringe die Nacht auf einer wackeligen Bank, die zu kurz ist, um mich auszustrecken. Ein bemitleidenswerter Froschmann, der den Blick in die Ferne richtet und an die Herausforderung denkt, der er am nächsten Tag trotzen muss.

Am frühen Morgen entdecken die Polizisten mich auf der Bank, als hätten sie mich nie zuvor gesehen. Sie geben mir meine Papiere zurück und lassen mich gehen, ohne ein bedauerndes Lächeln und ohne mir die Hand zu geben. Die angelsächsische Gastfreundschaft ist auch nicht mehr das, was sie mal war. Der Tag beginnt soeben, und auf einer öffentlichen Uhr sehe ich: Es ist fünf Uhr (genau die Zeit, zu der in Paris das Leben erwacht).

Wie die frisch geschlüpften Jungen der Riesenschildkröten auf den Galapagosinseln finde ich instinktiv den Weg zum Meer. Wie ein verrosteter Roboter, der nach einer schlaflosen Nacht quietscht, steuere ich auf das kalte Wasser zu, in das ich gleich eintauchen werde. Schon höre ich das freundliche Plätschern der Wellen, das beruhigend auf mich wirkt. Ich sehe keine Menschenseele, weder links noch rechts noch geradeaus. Das Meer ist ruhig und der Horizont in weiter Ferne. Kein Schiff, kein Segelboot. Wer kommt auch auf die Idee, sich um diese Zeit aufs Meer zu begeben? Nur ich.

Am Ufer ziehe ich meine riesigen Flossen an, schnalle den wasserdichten Rucksack auf den Rücken, setze die Tauchermaske mit dem Schnorchel auf und befestige die Paddles wie zwei Tischtennisschläger am Ende meiner Arme. Vorsichtig nähere ich mich rückwärts dem Wasser, das nicht weit entfernt ist, und gehe langsam hinein, ohne im Geringsten die Kälte zu spüren. Ich schaue auf die schlafende Stadt, die ich ohne Bedauern verlasse. Im Augenblick kehre ich meinem Ziel den Rücken zu, dem französischen Ufer, dem Strand von Calais, an dem in einigen Stunden Victoire stehen und mich in die Arme schließen wird.

Der Gedanke an das Abenteuer, das mich erwartet, versetzt mich in Aufregung. Als ich das Gefühl habe, tief genug im Wasser zu stehen, ändere ich meine waagerechte Haltung und beginne zu schwimmen. Der Himmel ist immer blau, wenn der Frühling zu Ende geht …

6

Der Schwimmunterricht im Mickymausklub

Die im Mickymausklub mühsam erlernten Bewegungsabläufe beim Schwimmen sind sofort wieder präsent (es hätte mir gefallen, wenn der nicht sehr liebenswürdige Schwimmlehrer, der mir damals den Spitznamen »Amboss« verliehen hat, mich jetzt sehen könnte!). Ich wundere mich, dass ich mich spontan an einige Automatismen erinnere, eine beinahe akzeptable Synchronisation von Armen und Beinen. Mein Schwimmstil ist zwar alles andere als olympiaverdächtig; schließlich bin ich, wie mir jetzt bewusst wird, seit einer Ewigkeit nicht mehr geschwommen, und auch früher habe ich nur kurze Strecken im Stadtbad zurückgelegt, das es längst nicht mehr gibt. Aber als David mit den Schwimmflossen heute dem übermächtigen Goliath gegenübertritt, plagen ihn nicht die geringsten Zweifel.

Meine Flossen funktionieren wunderbar. Meine Hände schlagen aufs Wasser, und ich bemühe mich entschlossen um einen gleichmäßigen Rhythmus. Dabei orientiere ich mich an einem inneren Metronom und singe ein Lied (nur in Gedanken natürlich), das dem Takt entspricht, den ich gewählt habe. Es ist ein unglaublich rührseliger Schlager, aber sehr nützlich, um rhythmisch zu schwimmen. Sonst denke ich an nichts und fühle mich fast wie ein Delfin.

Vor ein paar Jahren kam mir die Idee, meine erschütternde Durchsichtigkeit sinnvoll zu nutzen. Ich war es leid, jeden Tag hinter einem Bankschalter zu verschwinden, und überlegte, ob ich nicht als Privatdetektiv arbeiten könnte. Zu Beginn des Experiments folgte ich irgendeiner Person auf der Straße, zuerst in großem und später in geringerem Abstand, bis ich ihr schließlich dicht auf den Fersen war. Ich betrat dieselben Geschäfte, sah mich in denselben Abteilungen um, setzte mich im Restaurant an den Nebentisch und im Kino auf den benachbarten Platz, hielt mich in der Metro an derselben Stange fest und kaufte dieselben Blumen oder dieselbe Zeitung. Keine der Personen, die ich verfolgte, bemerkte irgendetwas. An manchen Samstagen oder Sonntagen, wenn ich nicht in der Bank arbeiten musste, erwies ich mich, wie ich bereits geahnt hatte, als Meister der Observation. Es gelang mir, mich ohne Einladung bei Geburtstagsfeiern, Taufen, Beerdigungen, Vernissagen, Konferenzen der Hochfinanz, Theaterproben, Tanzkursen und Paraden von Kriegsveteranen unter die Anwesenden zu mischen. Ich schoss Fotos, schrieb Gespräche mit, beteiligte mich an Diskussionen und plauderte mit Leuten. Niemals fragte mich jemand, wer ich war und was ich dort machte. Ich hatte auf meine Weise den Status des unsichtbaren Mannes neu erfunden, ohne deshalb Lizenzgebühren an Marvel Comics zahlen zu müssen.

Bestärkt durch diese positiven Erfahrungen, suchte ich die 1913 gegründete Privatdetektei Duluc auf, die Ermittlungen, Nachforschungen und private Beschattungen durchführte. Ich hatte vor, in eine der Rollen von Antoine Doinel in dem Film *Geraubte Küsse* zu schlüpfen. Der Leiter der Detektei, ein strenger Mann mit Adlerblick, den ich nicht zu fragen wagte, ob er wirklich Duluc hieß, begrüßte mich ausgesprochen freundlich. Ich erklärte ihm, dass ich mein Problem, unsichtbar zu sein, zu meinem Vorteil nutzen wolle. »Aus meiner Schwäche eine Stärke machen«, fügte ich hinzu. Ihm schien das Argument zu gefallen. Ich zeigte ihm die Fotos, die ich im Laufe meiner wahllos durchgeführten Beschattungen hier und da geschossen hatte, meine Aufzeichnungen, Uhrzeiten und die sorgfältig mitgeschriebenen Gesprächsfetzen. Er betrachtete mich eine ganze Weile mit zweifelndem, tiefgründigem Blick. Ich war mir nicht sicher, ob er mich für einen Spaßvogel, einen Sozialfall oder eine unverhoffte Nachwuchskraft hielt. Schließlich sagte er, er fände mich interessant. Um aber genau zu wissen, woran er mit mir sei, wolle er mich bei der Arbeit sehen.

»Ich finde Sie interessant, aber um genau zu wissen, woran ich mit Ihnen bin, möchte ich Sie bei der Arbeit sehen.«

»Sehr gern«, erwiderte ich. »Woran dachten Sie?«

»Nun, zum Beispiel können Sie mir beweisen, dass Sie

sich Eintritt verschaffen können, wo sonst niemand Zugang erhält.«

»Sie meinen einen Privatklub?«

»Ja, gewissermaßen. Den Élyséepalast.«

»Sie meinen *den* Élyséepalast, wo der Präsident arbeitet?«

»Genau den. Sie können natürlich ablehnen.«

»Auf gar keinen Fall. Das ist ausgezeichnet. Ich betrete den Élyséepalast. Und was mache ich dann? Soll ich da eine Bombe legen?«

»Nein, nein. Sie drehen nur eine Runde, machen wie ein Tourist ein paar Fotos und gehen wieder hinaus.«

»Einverstanden. Eine interessante Herausforderung.«

Der Präsidentenpalast. Ich muss sagen, auf diese Idee war ich nie zuvor gekommen. Natürlich gab es auch keinen Grund dazu, weil ich dort nichts Besonderes zu suchen hatte. Doch da es nur darum ging, ein paar Fotos zu machen, um den Chef der Privatdetektei Duluc zu überzeugen, wusste ich nicht, warum ich Nein sagen sollte. Daher sagte ich Ja.

»Und was passiert, wenn ich diesen Auftrag erfolgreich durchführe?«

»Dann stelle ich Sie ein.«

Der zweifelnde Ton, mit dem er dieses Angebot aussprach, behagte mir nicht, zumal er auch noch diese ungläubige Miene aufsetzte. Zudem lächelte er spöttisch wie ein Typ, der bereit war, 500 000 Dollar zu wetten, weil er ganz sicher war, sie nicht zu verlieren. Ich muss schon sagen, das ärgerte mich maßlos, aber ich ließ mir nichts anmerken.

Der zweifelnde Duluc begleitete mich zur Rue du Faubourg Saint-Honoré und folgte mir ein paar Meter, als würde er mich beschatten. Ich kam vor dem Élyséepalast an und drehte mich um, um mich zu vergewissern, dass er mich nicht aus den Augen ließ. Mit einem nichtssagenden Gesichtsausdruck, also mit meinem Gesichtsausdruck, ging ich zwischen den beiden Wachposten hindurch, die mir keinerlei Fragen stellten. Hatten sie überhaupt bemerkt, dass ich das Portal passiert hatte? Als ich auf dem Hof stand, warf ich einen Blick zur Straße, wo der Chef der Detektei mit verdatterter Miene stand. Dann stieg ich die Stufen der großen Freitreppe hinauf, wo sich so viele Staatschefs für die Fotografen lange und lächelnd die Hand geschüttelt hatten. An jenem Tag war niemand da. Die Amtsdiener, die mit ihren dicken Ketten auf der Brust den Chevaliers du Tastevin ähnelten, die ihre kleinen Weinprobierschalen an Lederbändern um den Hals trugen, beeilten sich, mir die Tür zu öffnen, und ich machte ein Foto von ihnen. Sie schienen das ganz normal zu finden und lächelten mir sogar zu. Wie ein Typ, der sich ein Gebäude anschaut, das er kaufen möchte, spazierte ich anschließend ein wenig umher, ohne dass man mich zur Kenntnis nahm. Das Merkwürdige an der Sache ist, dass ich in einer solchen Situation nicht einmal Lampenfieber habe. Ich bekomme keine Herzstiche und kein Herzklopfen. Nichts. Ich bin es gewohnt, alles zu sehen, ohne selbst gesehen zu werden. In meinem tiefsten Innern würde ich mir wünschen, dass jemand seine Hand auf meine Schulter legt und mich mit misstrauischer Miene fragt, was ich da mache. Doch das passiert nie.

Als ich den Élyséepalast wieder verließ, richtete ich einen leisen, freundschaftlichen Gruß an die beiden Wachposten in ihrem Wachhäuschen. Anschließend ging ich in ein Café in der Nähe, wo ich mit dem Chef der Detektei verabredet war. Er hatte seinen verdatterten Gesichtsausdruck noch immer nicht abgelegt und saß vor einem doppelten Wodka, den er gedankenverloren herunterkippte, um sich von seiner Sprachlosigkeit zu erholen. Ich zeigte ihm die Fotos. Auf einem war der Präsident im Gespräch mit dem Premierminister in seinem Büro zu sehen. Als der Chef es sah, trank er sein Glas in einem Zug leer und winkte dem Kellner, um sich noch eins zu bestellen.

Ich wurde von diesem Mann eingestellt, der gut daran getan hatte, nicht um 500000 Dollar zu wetten. Er stammelte Sätze, die er nicht beendete, und Wörter, die keinen Zusammenhang ergaben. Doch obwohl er nur wirres Zeug redete, verstand ich, dass ich eine unverhoffte Nachwuchskraft für seine Detektei war. Er schlug mir vor, gleich am nächsten Tag mit der Arbeit zu beginnen. Ich war einverstanden.

Das war für mich kein Problem. Am nächsten Morgen kam ich pünktlich in der BNP-Filiale an. Ich begrüßte meine Kollegen und wartete, bis die Filialleiterin uns allen einen guten Tag gewünscht hatte. Anschließend zog ich meinen Regenmantel an und ging davon, um für Duluc zu arbeiten. Ich war sicher, dass niemand meine Abwesenheit bemerken würde. Am Abend ging ich auf einen Sprung in der Bank vorbei, um »auf Wiedersehen, bis morgen« zu sagen. Keiner der Kollegen fragte mich, wo ich den ganzen

Tag gesteckt hatte, denn niemand hatte bemerkt, dass ich nicht da gewesen war.

Ohne dass es irgendwelche Konsequenzen nach sich zog, verzichtete ich nach kurzer Zeit darauf, abends in der Bank vorbeizugehen. Mir wünschte sowieso keiner einen schönen Abend. Kurz darauf machte ich mir auch nicht mehr die Mühe, morgens dort aufzutauchen. Auch das war kein Problem. Wenn ich nach einer anstrengenden Beschattung (trotz aller Strapazen mochte ich meine neue Arbeit) abends mitunter spät nach Hause kam, blickte ich auf den Anrufbeantworter und hoffte im Stillen, dass er blinkte: »Hallo, Gérald, guten Tag. Hier ist die BNP. Wir haben Sie heute gar nicht gesehen und sind beunruhigt. Hoffentlich sind Sie nicht krank. Melden Sie sich bitte.« Doch der Anrufbeantworter blinkte nicht. Er blinkte nie, da mich niemals jemand anrief. Ich wusste gleich, dass der Anrufbeantworter eine idiotische Anschaffung war. Darüber brauchte ich mich allerdings nicht zu ärgern, denn ich hatte das Geschäft verlassen, ohne an der Kasse vorbeizugehen.

Ein paar Monate arbeitete ich als Privatdetektiv. Mir gefiel diese Arbeit sehr gut. Wahnsinnig gut. Endlich hatte ich das Gefühl, nicht nur nützlich zu sein, sondern tatsächlich zu existieren. Es war paradox, denn Duluc hatte mich ja eingestellt, weil ich eben nicht existierte. Aber mit diesem Widerspruch konnte ich gut leben. Ich erwies mich als nützlich, tüchtig, außergewöhnlich talentiert und unentbehrlich. Das war ich zuvor niemals gewesen, und mehr brauchte ich nicht zum Glücklichsein. Ganz zu schweigen davon, dass ich mich im Laufe meiner Beschattungen nicht nur in den vertrauten Kreis zahlreicher unbekannter Leute einschlich, sondern auch in den vieler Berühmtheiten: Schauspieler, Sänger, Politiker und Sportler. Ich drang in das Leben all dieser berühmten Menschen ein, von denen ich nur die Fotos in den Zeitungen kannte, in denen ich beim Zahnarzt oder Friseur blätterte. Auf einmal teilte ich ihr Leben. Ich erfuhr, dass A etwas mit B hatte, dass C ein Doppelleben führte, dass D ein außereheliches Kind hatte und dass E nicht mehr mit F zusammen war. All diese aufregenden Dinge, die mir früher so weit entfernt zu sein schienen, erlebte ich nun aus nächster Nähe mit. Ich war der unsichtbare Vertraute, derjenige, der anderen wie ein Schatten folgte, der Schiffshalter berühmter Persönlichkeiten. Ich hatte das Gefühl, endlich zu leben. Ein bisschen. Es waren interessante Momente, wenn ich mich an die Fersen eines Kinostars heftete und ihn bei seinen außerehelichen Eskapaden fotografierte, bei geheimen politischen Vereinbarungen zwischen Oppositionsparteien anwesend war oder an Trinkgelagen von Sportlern nach dem Spiel teilnahm. All das verlieh mir ein Selbstvertrauen, das ich früher gar nicht gekannt hatte. Meine Zeit als Privatdetektiv tat mir sehr gut.

Ich war so in meinem Element, dass ich eines Tages beschloss, Victoire zu folgen. Privat natürlich.

Nach Schalterschluss wartete ich vor der BNP-Filiale auf sie. Ich hatte die Bank seit ein paar Wochen nicht mehr betreten, und niemand hatte sich darüber aufgeregt.

Victoire taucht pünktlich auf. Die Kollegen verabschieden sich alle mit Küsschen auf dem Bürgersteig, dann geht sie allein zur Metrostation. Ich folge ihr in angemessenem Abstand. Als die Metro kommt, steigt sie ein. Ich ebenfalls, doch am anderen Ende des Wagens. Von dort aus beobachte ich sie. Sie träumt und ist mit den Gedanken ganz woanders. Sie sieht müde aus. Auch wenn sie nach dem Arbeitstag erschöpft ist und mit verträumtem Blick in die Ferne schaut, ist sie so schön wie immer. Ein Mann mit dicken Pranken hält sich an derselben Stange fest wie sie. Das ärgert mich maßlos. Seitdem die Linie 1 am 19. Juli 1900 von Fulgence Bienvenüe, dem Chefingenieur der Metro, eingeweiht wurde, haben sich in den Zügen Abertausende von Menschen berührt, das ist mir bewusst, aber nie hat jemand den anderen so begehrt, wie ich Victoire begehre.

Sie steigt an ihrer Station aus, lässt den Aufzug links liegen und geht die Treppe hinauf. (Soso, die hübsche Victoire nimmt zwei Stufen auf einmal. Ich tue es ihr gleich, aber weniger leichtfüßig, ja sogar ziemlich schwerfällig. Vermutlich bewege ich mich zu wenig.) Dann steht sie auf der Straße in einem Viertel, das ich nicht kenne und in dem sie offenbar wohnt. Ich folge ihr immer dichter auf den Fersen, um sie nicht aus den Augen zu verlieren. Schließlich bin ich nur noch zehn Meter entfernt und kann beinahe ihr Parfüm riechen. Als sie den Code an ihrer Haustür eingibt, dreht sie sich um. Sie sieht mich und sagt in dem liebenswürdigsten und charmantesten Ton der Welt zu mir:

»Ach, Gérald, was für ein Zufall … Was machen Sie denn in diesem Viertel?«

Was soll ich darauf antworten? Enttarnt wie ich bin, durchsichtig und verwirrt, nicht mehr durchsichtig zu sein, kann ich unmöglich zugeben: »Ich verfolge Sie schon, seitdem Sie die Bank verlassen haben«, noch kann ich lügen: »Ich wohne auch hier in der Ecke«, und noch weniger kann ich sagen: »Ich habe gehört, dass hier in der Nähe ein guter Käseladen sein soll.« Ich stammele irgendetwas, dummes Zeug, was, weiß ich nicht mehr genau. Sie lächelt, und ihr Lächeln gleicht einem Sorbet. Sie wünscht mir »einen schönen Abend, Gérald«, und als der Türöffner surrt, verschwindet sie im Haus, in dem bestimmt ein hübscher junger Mann oben auf sie wartet.

Wie ein Idiot stehe ich auf dem Bürgersteig, wohl wissend, dass ich wieder einmal meine Unfähigkeit bewiesen habe. Dennoch bin ich stolz auf etwas, was mich fassungslos macht: Eine junge Frau hat mich bemerkt, und diese junge Frau war Victoire. Für sie bin ich offenbar nicht durchsichtig. Sie sieht mich nicht als Geistererscheinung an. Von dieser Tatsache bis zu dem Glauben, sie erobern zu können, ist es nur ein Schritt. Zugegeben, ein großer Schritt, ein Schritt mit Siebenmeilenstiefeln, der nur dann möglich ist, wenn ich sie stark beeindrucke, wenn ich sie fasziniere und sie zum Schmelzen bringe … Was uns wieder zur Durchquerung des Ärmelkanals zurückführt.

Ich schwimme schon eine ganze Weile. Wie lange genau, weiß ich nicht. Meine Uhr ist nicht wasserdicht, daher habe ich sie in Paris gelassen. Ich habe also keine Ahnung, wie spät es ist. Das ist blöd. Ich hätte das Geld investieren sollen, aber andererseits schwimme ich nun jenseits der Zeit und jenseits des wahren Lebens. Ich bin ein Held ohne Datum, ein zeitloser Schwimmer. Und das ist auch gut so. Allerdings hat die Sache einen Haken. Als ich es leid war, *L'Aziza* zu singen (natürlich nur in Gedanken), kam ich auf die dumme Idee, mich zwischen zwei Schwimmzügen umzudrehen, um zu sehen, welche Strecke ich zurückgelegt hatte. Die englische Küste, von der ich glaubte, ich hätte sie seit einer Ewigkeit oder noch länger hinter mir zurückgelassen, war noch immer da. Dover schien mich mit seinen Felsen und Dünen zu verspotten. Sicher, die Küste war ein wenig in die Ferne gerückt, doch noch immer ziemlich nah. Ich kann es ruhig zugeben: Mutlosigkeit erfasste mich. (Es ist so ähnlich wie bei einem sechshundert Seiten dicken Buch. Wenn man das Buch nach ein paar Stunden Lektüre mit einem entsprechend positionierten Lesezeichen aus der Hand legt, wundert man sich und ist enttäuscht, dass man erst so wenige Seiten gelesen hat.)

Ich höre auf zu schwimmen und hätte Lust aufzugeben. Die Verrücktheit meines Plans wird mir bewusst. Und dann sehe ich wieder Victoire vor Augen, die in einem Sommerkleid, das sie nie zuvor getragen hat, am Strand von Calais sitzt. Sie späht aufs Meer hinaus und wartet darauf, einen verliebten Bankangestellten aus dem Wasser steigen zu sehen. Erschüttert durch dieses Bild und beunruhigt durch die Gewissheit, dass Victoire mit mir rechnet und dass ich sie auf gar keinen Fall enttäuschen darf, verfliegt die Müdigkeit wieder. Welche Strecke habe ich zurückgelegt? Einen Kilometer? Gut, dann sind es jetzt nur noch vierunddreißig.

Ich setze meine automatischen Schwimmbewegungen fort wie diese kleinen, bunten Plastikspielzeuge zum Aufziehen – Tümmler, Wale, Krokodile oder Froschmänner –, mit denen die Kinder sich beim Baden vergnügen. Ich vergleiche mich mit diesem Spielzeug, mit seinem Starrsinn und seiner seelenlosen Mechanik, und stelle mir vor, dass ich wieder aufgezogen werden muss. Als ich dieses Bild vor Augen sehe, wie ein riesiges Kind, das im Ärmelkanal badet, mich aufzieht, damit ich mich wieder bewege, muss ich unter der Tauchermaske lächeln.

Wenn Daniel Balavoine wüsste, dass eines seiner Lieder einem schwimmenden Schalterbeamten als Motivation dient, würde er sicherlich auch lächeln.

7

Über meinem Kopf

Über meinem Kopf hoch oben am Himmel versammeln sich Möwen und fliegen kreischend im Kreis. Ich sehe sie nicht, weil ich auf dem Bauch schwimme, aber ich höre sie. Und ihre Schreie gefallen mir gar nicht. Man glaubt immer, sie würden sich anschnauzen oder sich lustig machen. Ja, ich bin überzeugt, dass sie sich lustig machen. Sie denken bestimmt, dass es total bescheuert ist, die Strecke von Dover nach Calais schwimmend durch das Meer zurückzulegen (statt mit dem Schiff), und da haben sie nicht ganz unrecht. Doch ein paar Möwen, auch wenn sie nicht besonders ermutigend sind, werden mich keineswegs dazu bewegen, meinen Plan aufzugeben. Ganz im Gegenteil: Ich schwimme mit noch mehr Energie und Entschlossenheit, um ihnen zu zeigen, dass sie mich unterschätzen, dass sie nicht wissen, mit wem sie es zu tun haben, und dass sie gut daran täten, ihre voreilige Meinung über einsame Schwimmer zu revidieren.

Die Schwimmzüge reihen sich aneinander. Meine Beine

schlängeln sich durchs Wasser, damit die Schwimmflossen, die so groß sind wie die Schwanzflosse eines Schwertwals, mir Flügel verleihen (bildlich gesprochen). Meine Paddles ohrfeigen die Wasseroberfläche, und ich bin fast sicher, dass ich Kielwasser hinter mir zurücklasse. Und noch sicherer bin ich, mich auf jeden Fall von der Küste des Landes zu entfernen, dessen Sprache ich nicht spreche. Ich schwimme automatisch. *L'Aziza* motiviert mich. Ich bin wild entschlossen. Irgendwo habe ich gelesen, dass man, wenn man die schlimmsten Schmerzen überwunden hat, in eine andere Welt eintaucht, in eine Welt der Freude, in der man über sich selbst hinauswächst. Dafür gibt es einen Namen, den ich leider vergessen habe. Egal, in diesem Augenblick spüre ich diesen Zustand, als hätten meine Anstrengungen mich in einen Rausch versetzt. Ich gleite durchs Wasser. Ich fliege und berühre nur leicht die Wasseroberfläche, wie das Luftkissenfahrzeug, mit dem ich nach Dover gefahren bin. Die vierunddreißig Kilometer, die noch auf mich warten, erscheinen mir plötzlich lächerlich. Nichts kann mich aufhalten.

Die Möwen haben sich zusammengerottet. Dem Krach nach zu urteilen, scheinen es jetzt mehr zu sein. Ich habe auch das Gefühl, dass sie mir näher gekommen sind. Sie folgen mir wie einem Fischerboot, das gerade sein Schleppnetz einholt, weil sie hoffen, die kleinen Fische zu ergattern, die durch die Maschen fallen. Ich bin aber kein Fischerboot. Was wollen sie von mir? Vielleicht wollen sie mich begleiten, während ich diese sportliche Leistung vollbringe. Sie sagen sich, dass dieser Typ – ich –, der durch den

Ärmelkanal schwimmt, weder den Schwimmstil noch die Statur dazu hat und dass sie ihn deshalb anspornen müssen. Es ist ein angenehmer und unerwarteter Gedanke, dass diese gefiederten Spötter mich nicht im Stich lassen wollen. Ich habe sie seit jeher falsch beurteilt. Sie mögen mir verzeihen. Vielen Dank, dass ihr Mitleid mit dem schwimmenden Mann habt. Ich denke an die Tauben in Paris oder in New York, die sich den jährlichen Marathonläufern gegenüber vollkommen gleichgültig verhalten. Es genügt ihnen, fröhlich über den Köpfen der Läufer zu fliegen und sich immer an die Nachzügler zu heften, sodass diesen das Laufen auf einmal leichter fällt (auch wenn sie die Letzten bleiben werden). Die herzlosen Tauben, die sich aufspielen und sich mit unschuldigen Mienen auf dem Markusplatz in Venedig in Pose setzen, sollten sich schämen. Da lobe ich mir die französisch-englischen Möwen, die wissen, wie einsam man ist, wenn man eine Heldentat vollbringen will.

Ich sehe schon vor Augen, wie ich an der französischen Küste aus dem Wasser steige, begleitet von einem Schwarm meiner Unterstützer, deren schrille Schreie wie Beifall klingen. Victoire wird außer sich sein vor Freude. Dieser Typ schwimmt nicht nur durch den Ärmelkanal, nein, er spricht auch noch mit den Vögeln … Man stelle sich das Entzücken der jungen Frau vor.

Obwohl die Tauchermaske meine Ohren bedeckt, werden die Schreie meiner neuen Freunde allmählich ohrenbetäubend. Es kommt mir so vor, als kämen sie immer näher. Sie sind kaum mehr als einen oder zwei Meter über mir. Das Geschwader wirft auf das Wasser rings um mich herum einen wogenden Schatten, der sich hin und her bewegt (und der zugegebenermaßen nicht sehr beruhigend ist), der Beweis, dass sie wirklich ganz nahe sind. Es hätte nur noch gefehlt, dass sie mich für einen Fisch halten. Einen dicken Fisch einer unbekannten Art, der aber, falls er sich als essbar und schmackhaft erweist, problemlos zig Familien dieser Meeresvögel ernähren kann. Nein, so dumm sind die Möwen nicht. Sie können unterscheiden zwischen dem, was schwimmt und essbar ist, und dem, was schwimmt und nicht essbar ist. Da mich dennoch eine berechtigte Sorge quält, drehe ich mich um, um genau zu wissen, woran ich bin. Nacktes Grauen erfasst mich, als ich einen Schwarm von Hunderten von Möwen sehe, und vielleicht sind es sogar noch mehr. Albatrosse, Kormorane und Basstölpel haben sich ihnen angeschlossen. Diese Furcht erregende Vogelschar mit den Verbrechergesichtern, den bösen Augen und den aggressiven Schnäbeln ist ganz in meiner Nähe, kaum einen Meter entfernt. Leider kann ich nicht länger in dieser Position verharren. Mein Schnorchel ist unter Wasser, darum kann ich nicht atmen. Durch den Plastikschlauch dringt ein ordentlicher Schwall des Ärmelkanals in meine Kehle. Ich verschlucke mich, beginne zu husten und zu würgen und ersticke beinahe. Schließlich drehe ich mich wieder auf den Bauch, denn das ist die einzige Möglichkeit, um zu überleben und zu überlegen, wie ich mich gegenüber diesen Vögeln unterschiedlicher Arten verhalten soll. Mir wird klar, dass sie nicht da sind, um mir Mut zu machen, sondern um mir etwas anzutun, und das bilde ich mir keineswegs ein.

Ich muss mich mit dem Gedanken vertraut machen, dass diese Vögel, so anmutig und hübsch gefiedert sie mitunter auch sein mögen, keinen guten Charakter haben. Die Vögel, die sich durch ihre Überlegenheit in der Luft stark fühlen, glauben, sich alles erlauben zu können. Sie erfreuen sich des Gefühls, unangreifbar zu sein, aber das ist trügerisch. Vögel sind ein notwendiges Übel. Man muss sich mit ihnen arrangieren. Also werde ich mich mit ihnen arrangieren. Es gibt da nur ein Problem. Die Tauben als Tourist aus Südkorea zu füttern, das ist sicherlich vergnüglich und kann ein schönes Erinnerungsfoto wert sein. Zu versuchen, sich zweihundertfünfzig bösartiger Möwen zu entledigen, wenn man als einsamer Schwimmer durch ein riesiges Meer schwimmt, ist hingegen beängstigend. Ich schwimme weiter, und das nicht, weil ich hoffe, diese unsympathische geflügelte Bande zu entmutigen, sondern weil ich mich daran gewöhnt habe. Wenn ich mich nicht bewege, bin ich zudem eine zu leichte Beute. Ich muss mich also um jeden Preis bewegen, auch wenn mir das im Moment einiges abverlangt. Zu schwimmen, während diese lärmende Schar über mir fliegt, lässt nichts Gutes erahnen.

Ich spüre, dass sich mehrere dieser niederträchtigen Wasservögel auf meinem wasserdichten Rucksack niederlassen. Dabei können sie doch fliegen. Ich habe nicht vor, ihnen als Transportmittel zu dienen, verdammt! Sie wissen nicht, dass ich schlecht gelaunt bin, wenn ich nicht genug geschlafen habe. Nach der schlaflosen Nacht auf der harten weißen Bank auf der Polizeiwache in Dover bin ich nicht gerade besonders verträglich. Wie auf einer künstlichen Insel versammeln sie sich mit einer unerhörten Unverfrorenheit auf mir. Ohne lange zu überlegen, ziehe ich das Mundstück des Schnorchels aus dem Mund und drehe mich blitzschnell auf den Rücken. Das überrascht meine blinden Passagiere, die sofort davonfliegen. Hektisch schlage ich mit meinen Paddles kräftig aufs Wasser, um diese ungeliebte Bande zu verscheuchen, die gut daran täte, mich zu vergessen. Mit einer so heftigen Reaktion meinerseits hat der Schwarm nicht gerechnet. Die Vögel staunen nicht schlecht und schreien und wettern, entfernen sich aber nicht weit, um das Terrain zurückzuerobern, sobald der Schwimmer sich wieder beruhigt hat. Der Schwimmer beruhigt sich aber nicht. Mit meinen riesigen Pranken schlage ich wild um mich und versuche ihre Köpfe zu treffen, als wollte ich beim Tischtennis einen Schmetterball schlagen. Es ist alles vergebens. Sie sind zu geschickt und zu schnell. Seit jeher haben mich Vögel – Tauben, Elstern, Raben – in Erstaunen versetzt. Sie picken auf der Straße irgendetwas auf und fliegen in letzter Sekunde vollkommen sorglos davon, wenn ein Auto kommt. Die Vögel wirken sogar regelrecht überheblich, und das kann einen ganz schön auf die Palme bringen. Genau in dem Moment, als meine Kräfte, die ich sinnlos verschleudere, mich zu verlassen drohen, schlage ich einem Kormoran wider Erwarten so kräftig auf den Kopf, dass sein Schädel beinahe birst. Der riesige Vogel ist fassungslos, dass ihn mein Schlag getroffen hat, und verdreht die Augen (jedenfalls eins, das andere ist übel zugerichtet) Er verliert das Gleichgewicht, flattert vergebens mit den Flügeln und fällt ins Wasser. Als er dort in seiner Blutlache liegt, bieten sich zwei oder drei Vögel spontan als Krankenschwestern an, wahrscheinlich die nächsten Verwandten. Die anderen geraten in Wut, weil ich es gewagt habe, einen ihrer Artgenossen zu verletzen, und sind entschlossen, mich diese unbesonnene Tat bezahlen zu lassen. Sie schreien noch lauter als zuvor und haben es ohne den geringsten Zweifel auf mich abgesehen. Sie sind empört, dass ein Wasserwesen einen fliegenden Kollegen verletzen kann. Mit stechenden Blicken und spitzen Schnäbeln nähern sie sich meinem Gesicht bis auf wenige Zentimeter. Wenn sie Fleischfresser wären, würden sie über mich herfallen. Werde ich jetzt erfahren, ob eine wütende Möwe im Gegensatz zu ihrer natürlichen Veranlagung genauso ein Fleischfresser wird wie eine Muräne oder ob sie sich in einen blutsaugenden Vampir verwandelt?

Eine riskante, aber geniale Idee schießt mir durch den Kopf: mich meines Rucksackes zu entledigen und ihn dieser vor Wut schäumenden Vogelschar als Futter anzubieten. Und genau das mache ich sofort, wohl wissend, dass ich dadurch meine wertvollen Vorräte verliere, mit denen ich meine Energiereserven auffüllen kann (das ist die riskante Seite der Idee). Meine Ausweispapiere sind dann zwar ebenfalls weg (wobei kaum die Gefahr besteht, dass mich mitten auf dem Meer jemand danach fragen könnte), aber entweder gehe ich das Risiko ein, oder ich werde durch diese gefräßigen Schnäbel ums Leben kommen. Es besteht somit kein Grund zu zögern. Um die Hände frei zu haben, nehme ich zuerst die Paddles ab und klemme sie mir unter die Achseln. Dann ziehe ich mit ungeschickten Verrenkungen den Rucksack vom Rücken und schleudere ihn so weit wie möglich von mir weg. Damit es schnell geht, verzichte ich sogar darauf, ein oder zwei Energieriegel zu retten. Mit dieser Reaktion hätte ich allerdings nicht gerechnet. Schlagartig interessieren die Vögel sich nicht mehr für mich, sondern richten ihr ganzes Augenmerk auf die Vorratskammer, die auf dem Wasser treibt. Inmitten eines unbeschreiblichen Chaos wild flatternder Flügel schicken sie sich an, ihn zu durchwühlen. Jeder plündert nur für sich allein und denkt gar nicht daran, seine Beute zu teilen. Die Möwen und die anderen Vogelarten, die sich solidarisch verhielten, als es darum ging, mich zur Strecke zu bringen, sind jetzt alle erbitterte Individualisten, als sie sich um die Überlebensration in meinem Rucksack zanken. Sogar die mitfühlenden Krankenschwestern, die sich um den verletzten Kormoran geschart haben, verlassen diesen und lassen ihn ersaufen, um sich der Jagd anzuschließen, solange noch Zeit ist. Tja, zur Solidarität der Vögel gäbe es eine Menge zu sagen …

Allerdings interessiert mich das nur am Rande. Ich nutze die Ablenkung (die eine Weile anzudauern scheint), um noch entschlossener als zuvor weiterzuschwimmen. Ich habe nur einen einzigen Gedanken: mich schnellstens von diesen wütenden Vögeln zu entfernen. Eigentlich kommt mir das ganz gelegen, denn je weiter ich mich von ihnen entferne, desto mehr nähere ich mich Victoire.

Wenn ich diese Frau, die meine Sinnenlust weckt, in die Arme schließen will, muss ich jedoch noch vierunddreißig Kilometer schwimmen. Und nun habe ich zudem alle meine Vorräte abgetreten (noch bevor ich Zeit hatte, sie anzurühren). Sicherlich ist das selbst nach einer schlaflosen Nacht kein unüberwindbares Problem, aber man weiß nie.

Das Schlimmste ist, dass ich, als ich mit den Händen wild herumgefuchtelt habe, um die ausgehungerten Vögel abzuwehren, die Arme ausbreiten musste. Meine Arme, unter die ich kurzfristig die wunderbaren Paddles geklemmt hatte. Die Paddles, die mir auf diese Weise abhandengekommen sind und die jetzt vermutlich am Ort der Schlacht auf dem Wasser treiben. Es steht außer Frage zurückzuschwimmen. Sei's drum, ich komme auch so zurecht. Man kann sich kaum vorstellen, wie finster entschlossen ein von der Liebe angetriebener Schalterbeamter sein kann.

8

Die Dünen der Rallye Paris-Dakar

Ich hoffe, der am 14. Januar 1986 in den Dünen der Rallye Paris-Dakar verstorbene Texter und Komponist nimmt es mir nicht übel, aber *L'Aziza* verfolgt mich allmählich regelrecht. Und das umso mehr, da ich nur eine Zeile daraus kenne. Wenn man sie unaufhörlich wiederholt: »L'Aziza, je te veux si tu veux de moi, l'Aziza, je te veux si tu veux de moi, l'Aziza, je te veux si tu veux de moi ...«, kann das auch einen sehr ausgeglichenen Menschen wahnsinnig machen. Vor allem, wenn man diesen exotischen Vornamen »Aziza« durch »Victoire« ersetzt. *Victoire, ich will dich, wenn du mich willst.* Erbarmen! Ich sollte kein Salz in die Wunde streuen.

Ich schwimme weiter und gebe gerne zu, dass dieses Lied, das mich wahnsinnig macht, mir zumindest geholfen hat, in gleichmäßigem Rhythmus bis hierher zu schwimmen. Währenddessen überlege ich, welches andere Lied mir als Metronom dienen könnte. Nachdem ich es mit verschiedenen anderen Titeln versucht habe (*Die Macht des Schicksals* – zu dramatisch, *Le régiment de Sambre et Meuse* –

zu kriegerisch, *Besame mucho* – zu sentimental und zu langsam, *Auprès de ma blonde* – unpassend, denn Victoire ist braunhaarig), komme ich immer wieder auf das Lied von Daniel Balavoine zurück, der dadurch nicht reicher wird (jedenfalls erhöhen sich seine Tantiemen nicht). Außerhalb der Hoheitsgewässer werden selten Patrouillen durchgeführt, um die finanziellen Ansprüche der Künstler zu wahren. Sei's drum, wenn *L'Aziza* mich verrückt macht.

Weit hinter mir höre ich noch immer Möwen, die sich auf ihr unerwartetes Festmahl stürzen und sich um ein Mars oder einen Powerfrüchteriegel streiten. Ich wusste gar nicht, dass diese Vögel auch Süßigkeiten fressen. Aber vielleicht haben sie ja nur selten Gelegenheit dazu. Da ihr natürlicher Lebensraum Küstengebiete sind, müssen sie sich mit dem zufriedengeben, was sie dort finden, also mit Muscheln und Fischen. Möglicherweise entsteht heute genau in diesem Augenblick eine neue Schwimmvogelart, mutierte Möwen, die von dem Genuss verschiedener Süßigkeiten fett werden und ein paar Generationen später unbeholfen auf der Erde sitzen bleiben, weil sie zu schwer geworden sind, um abzuheben. Noch fliegen sie allerdings, und ich bin nicht böse, dass ich mich von diesen wütenden Vögeln entfernt habe. Aber ein wenig enttäuscht bin ich schon. Jetzt haben sich einmal Lebewesen für mich interessiert, und dabei hatten sie es nur auf meinen Rucksack abgesehen.

Ich weiß nicht, vor wie langer Zeit ich Dover verlassen habe, und bin wenig geneigt, mich zur Küste umzudrehen, weil ich Angst habe, dass ich sie noch erkennen kann. Mitten in dieser unendlichen Weite wird mir eines bewusst, woran ich nie gedacht habe, und dieser Gedanke ist niederschmetternd. Wenn man durch den Ärmelkanal schwimmt, sieht man keine Landschaft an sich vorüberziehen. Ganz einfach aus dem Grunde, weil es keine Landschaft gibt. Selbst eine Ameise, die den Standort wechselt, geht von einem Punkt zum anderen. »Ich nehme diese Kiefernnadel und bringe sie dorthin. Ich bin an diesem kieselsteinfarbenen Kieselstein losgegangen, und ich gehe bis zu diesem grashalmfarbenen Grashalm.« Die Ameise weiß genau, dass sie vor zwei Minuten an jenem Ort war und nun an diesem hier ist. Ich nicht. Ich schwimme, ich strample mich ab und komme weiter, aber es gibt keinen Beweis dafür. Kein Anhaltspunkt beweist meine Fortschritte. Wellen sind wellig und Wolken wolkig, und nur das Ufer kann mir einen Hinweis darauf geben, wie weit ich gekommen bin. Da ich es mir verkneife, einen Blick in diese Richtung zu riskieren, kann ich nichts anderes tun, als meine Anstrengungen in dieser öden Unendlichkeit fortzusetzen. Unzählige unangenehme Fragen bestürmen mich, vor allem diese eine: Schwimme ich wenigstens in die richtige Richtung? Beim Kursnehmen auf die französische Küste orientiere ich mich grob anhand der Sonne, die glücklicherweise scheint. Doch wer sagt mir, dass ich, falls ich die Küste eines Tages erreiche, auch am Strand von Calais ankomme? Nicht auszudenken, dass Victoire dort im trockenen Sand sitzt und ich nass und erschöpft etliche Kilometer entfernt an einem anderen Strand aus dem Wasser steige. Meine Großmutter mütterlicherseits, die ich sehr geliebt habe, brachte mir bei, immer eine positive Haltung zu bewahren, auch in den aussichtslosesten Situationen. Sie wiederholte pausenlos diesen kurzen Satz, den sie für eine Zauberformel hielt und der ihr half, die Herausforderungen des Lebens zu meistern: »Man muss an seinen guten Stern glauben.« Während ich mehr denn je an diese ausgeglichene Großmutter denke und mich zwinge, an sie und an meinen guten Stern zu glauben, hoffe ich, trotz allem vor Einbruch der Dunkelheit an meinem Ziel anzukommen.

Irgendwann halte ich es nicht mehr aus und werfe einen Blick über die Schulter, um mit einer Freude, die sich niemand vorstellen kann, festzustellen, dass die englische Küste aus meinem Blickfeld verschwunden ist (hätte ich festen Boden unter den Füßen gehabt, wäre ich vor Freude in die Luft gesprungen, aber hier ...). Ich habe also schon ein gutes Stück zurückgelegt. So viel steht fest. Wie viele Kilometer muss man von einer Küste entfernt sein, um sie nicht mehr zu sehen? Fünf? Sechs? Vielleicht zehn. Zehn, das wäre ausgezeichnet, denn das wäre fast ein Drittel der Strecke. Es könnte allerdings auch sein, dass es nur fünf oder sechs Kilometer sind. Wenn man sich dicht über der Wasseroberfläche befindet (und dichter über der Wasseroberfläche als ich in diesem Augenblick kann man kaum sein), sieht man die Küste, die man von einem Schiff aus noch gesehen hätte, schon bald nicht mehr. Das nehme ich jedenfalls an. Ich ziehe es vor, mir nichts mehr vorzustellen, weil ich befürchte, dass ich dann schwach werde. Ich drehe mich im Kreis und sehe nichts als den Horizont. Überall. Es ist niederschmetternd. Plötzlich überschwemmt mich die Angst wie ein Tsunami: die Angst der absoluten Einsamkeit inmitten eines riesigen Nichts. Kein Segel, kein Schiff, nichts, nur grünlichbraunes aufgewühltes Wasser, so weit das Auge reicht. Ich sehne mich nach den Felsen von Dover, von denen ich mich so schnell entfernen wollte, und dabei haftete ihrem Anblick etwas Beruhigendes und Vertrautes an. Verloren in der unendlichen Weite des Meeres kann mich nichts richtig beruhigen. Ich beginne beinahe zu weinen, doch das würde mich noch mehr erschöpfen. Meine Kräfte schwinden bereits. Also halte ich, so gut ich kann, die Tränen zurück und schwimme weiter. Meine Zuversicht ist auf dem Tiefpunkt angelangt, und meine Muskeln sind erlahmt. Als ich zum vierhundertfünfzigsten Mal *L'Aziza* anstimme und meine Zweifel, ob sie mich will, immer größer werden, brechen die Dämme. Ein Tränenstrom überschwemmt meine Tauchermaske und verklärt mir den Blick, aber das ist mir egal. Nichts kann mich aufhalten. Mit einer ungezügelten, mir vollkommen fremden Wut schlage ich aufs Wasser ein, als wäre ich der ganzen Welt böse, und dabei bin ich doch ganz allein für mein Dilemma verantwortlich. Meine salzigen Tränen vermischen sich mit dem Salzwasser des Ärmelkanals, gegen den ich ankämpfe. Wäre ich auf dem Trockenen gewesen, wäre ich jetzt durchnässt. Ich bin mir meiner grotesken Situation durchaus bewusst. Ein nicht besonders sportlicher Bankangestellter, der nach Calais schwimmt, wo ihn vielleicht eine Arbeitskollegin erwartet, weint heiße Tränen und trällert aus voller Kehle ein altes Lied in ein neonfarbenes Plastikrohr. Es gibt wahrlich keinen Grund, stolz zu sein.

Allmählich zweifle ich daran, ob mein Vorhaben vernünftig ist. Ich frage mich, ob ich tatsächlich dieser großartige »rechte Mensch am rechten Ort« bin, dem jeder ähneln will. Ist diese sportliche Höchstleistung, die ich mir vorgenommen habe, nicht totaler Irrsinn? Werde ich es schaffen, mein Ziel zu erreichen? Wird es mir gelingen, diese Aktion zu einem erfolgreichen Ende zu führen? Wird es der Schönen die Sprache verschlagen? ... Tausend Fragen gehen mir durch den Kopf. Möglicherweise habe ich die falsche Herausforderung gewählt. Vielleicht hätte ich mich mit einer bescheideneren Meisterleistung zufriedengeben sollen: Paris-Roubaix auf einem Einrad zum Beispiel. Aber ich hätte wohl kaum zu Victoire sagen können: »Warten Sie an dem und dem Tag auf dem Marktplatz von Roubaix auf mich. Sie werden staunen, wenn Sie mich auf einem einrädrigen Fahrrad dort auftauchen sehen.« Zumal ich überhaupt nicht weiß, ob ich in der Lage wäre, mich auf diesem eher für Akrobaten geeigneten Gerät zu halten und damit zu fahren. Schwimmen kann ich wenigstens. Schlecht, aber ich kann es. Dennoch ist es unvernünftig, ausgerechnet den Ärmelkanal zu durchqueren. Auch wenn ich schwimmen kann, hätte ich mir etwas aussuchen sollen, das nicht so sehr an meinen Kräften zehrt. Zum Beispiel die Seine von Paris nach Rouen hinunterzuschwimmen. Dann hätte die Strömung mich getragen. Ich hätte immer gewusst, in welche Richtung ich schwimmen muss, und die Landschaft an mir vorüberziehen sehen (zudem wäre im Falle eines toten Punktes genau diese Landschaft, nämlich das Ufer, stets in erreichbarer Nähe gewesen). Nur ist es leider weitaus weniger romantisch, Victoire zu bitten, in Rouen am Ufer der Seine auf mich zu warten, als sie am Strand von Calais zu treffen. Außerdem ist die Seine verdreckt, und auch sonst ist sie kein besonders angenehmer Aufenthaltsort: Lastkähne, Ausflugsboote, Polizeiboote, tote Ratten und tote Hunde, eine Menge Unrat, Selbstmörder mit aufgeblähten Bäuchen. Der Ärmelkanal ist zwar riesig und entmutigend, aber dafür ziemlich sauber.

Wozu soll es gut sein, sich zwischen zwei herzzerreißenden Schluchzern die dumme Frage zu stellen: »Was hätte ich anderes tun können als das, was ich gerade tue?« Schließlich bin ich dabei, das zu tun, was ich gerade tue. Ich habe mich auf eine Sache eingelassen, bei der es kein Zurück mehr gibt, ein Abenteuer, aus dem ich entweder lebend oder tot hervorgehe.

Totsein. Diese Möglichkeit ist mir schon durch den Kopf gegangen, und sie hat mich nicht besonders aus der Fassung gebracht. Offen gestanden hat sie mir nicht missfallen. Mitten auf dem Meer zu sterben, vielleicht ist das die Lösung. Dann müsste ich mir keine Sorgen mehr machen. Zumal sowieso niemand bemerken würde, dass ich nicht mehr da wäre. Ich würde niemandem fehlen, mein Verlust würde niemanden traurig stimmen. Ich wäre einfach nicht mehr da, ohne dass dies die geringste Welle schlagen würde. Keine Wellen schlagen, obwohl man mitten auf dem Meer ertrinkt … Und genau deshalb weigere ich mich, zu kapitulieren und diesem flüchtigen Verlangen nachzugeben, wenngleich meine Kräfte seit einer Weile schwinden und meine Zuversicht sich aus dem Staub gemacht hat.

9

Endorphine

»Endorphine.« Das war der Begriff, nach dem ich gesucht habe und der mir nicht einfiel. Wenn ich mich recht entsinne – irgendwo habe ich darüber gelesen –, handelt es sich um eine chemische Substanz, die der Körper produziert. Sie sorgt bei starker Anstrengung dafür, dass man den Schmerz überwindet, und verleiht dem Menschen ungeheure Kräfte. Mit dieser Substanz dopt der Körper sich sozusagen selbst. Läufer, Rennfahrer und Sportler, die vor einer großen Herausforderung stehen (wie zum Beispiel eine Etappe der Tour de France oder zweiundvierzig Kilometer eines Marathons), wissen, dass ihre Endorphine irgendwann die Führung übernehmen und sie zur Ziellinie bringen. Meine Ziellinie ist noch so weit entfernt, dass es gut wäre, wenn meine Endorphine mir unter die Arme greifen würden. Trotz *L'Aziza* bezweifle ich nämlich, dass ich noch lange durchhalte. Vielleicht wirkt sich das Wasser nicht günstig auf die segensreiche Produktion der Endorphine aus. Vielleicht haben Schwimmer keinen Anspruch darauf, oder mein Körper des Schalterbeamten, der sich den ganzen Tag kaum bewegt, hat mit der Zeit die Produktion dieses Wundermittels eingestellt. Das hätte mir gerade noch gefehlt.

Ehrlich gesagt bin ich mit meinen Kräften am Ende, und meine Zuversicht hat das Weite gesucht. Ungeheure Panik erfasst mich. Ich fühle mich verloren in dieser unermesslichen Weite des Meeres. Ich *bin* verloren. Es ist gut möglich, dass heute der letzte Tag meines Lebens ist. Das ist grotesk. So schlecht ging es mir doch gar nicht in der BNP-Filiale auf dem Boulevard Arago. Zwar existierte ich dort genauso wenig wie woanders, aber zumindest war ich irgendwo. Fünf Tage in der Woche sah ich Victoire. Das genügte mir. Warum wollte ich sie unbedingt in meine Arme schließen? Mein ganzes Leben habe ich mich mit dem begnügt, was ich hatte und was man mir zugestand (im Grunde hatte ich mich damit abgefunden), ohne jemals zu versuchen, mehr zu bekommen. Ich habe mich mit dem Teil zufriedengegeben, der mir gewährt wurde, und alles lief glatt. Warum musste ich aus einem Alltag ausbrechen, mit dem ich im Grunde gut zurechtkam? Warum habe ich mich in diese Gefahr gebracht? (Es heißt nicht umsonst, wer sich in Gefahr begibt, kommt darin um.) Also: Warum bin ich aus einem Alltag ausgebrochen, mit dem ich *alles in allem* wunderbar zurechtkam? Ja, warum?

Ach, Victoire, wenn du wüsstest, was ich für dich erleide. Du lächelst, du wartest auf mich, und ich leide, wie ich noch nie gelitten habe. Körperlich und seelisch. Ich habe keinen Mut mehr. In welch jämmerlichem Zustand werde ich vor dir auftauchen, wenn ich überhaupt eines Tages vor dir auftauche? Halb verhungert, fix und fertig, am Ende meiner Kräfte und mit Lippen, die vom Salz und dem Mundstück meines Schnorchels ganz geschwollen sind. Willst du diesen abgezehrten, entkräfteten Mann überhaupt, diesen Schwimmer, der das Ufer zwar erreicht hat, aber so abgekämpft und erschöpft ist, dass er es nicht einmal wagt, dich in die Arme zu schließen und zu küssen?

Meine Großmutter mütterlicherseits hieß Jeanne. Jeanne hatte nicht nur einen wunderschönen Namen, sondern sie war auch eine bewundernswerte Frau. Sie tat gut daran, an ihren guten Stern zu glauben und mit mir darüber zu sprechen. Aber natürlich hängt alles von der Situation ab, in der wir uns befinden. Meine Großmutter ist niemals durch den Ärmelkanal geschwommen. Mein guter Stern muss wohl gerade etwas anderes zu tun haben. Vielleicht unterstützt er jemand anderen, oder er hat Besseres zu tun, denn ich sehe nicht den kleinsten Hoffnungsschimmer an diesem öden Horizont aus Jod und Gischt. Kaum zu glauben, dass ich mich als Kind immer so darauf gefreut habe, meine großen Ferien am Meer zu verbringen. Jedenfalls als meine Eltern noch da waren. Als sie nach Argentinien gingen und mich ins Internat steckten, verbrachte ich keinen Sommer mehr am Meer. Ich meldete mich selbst für die angebotenen Ferienlager an. Die Leitung akzeptierte meine Anmeldungen stets, ohne sich oder mir weitere Fragen zu stellen. Ich fuhr mit den anderen in einem Bus aufs Land. Ich versuchte, mich bei den geplanten Aktivitäten – Völkerball, Schnitzeljagd, Geländespiele – zu den anderen Kindern zu gesellen. Und wie immer vergaßen sie mich schnell. Oft blieb ich im Schatten eines großen Baumes sitzen, ohne besonders traurig zu sein. Seit jeher war ich es gewohnt, dass sich niemand um mich kümmerte. Daher ließ ich die Stunden langsam vergehen, bis der Tag sich dem Ende neigte und alle sich zum Abendessen versammelten. Ich habe im Ferienlager unglaublich beschauliche Sommer verbracht.

Es wäre gut, wenn ich diesen Hang zur Träumerei, den ich damals besaß, heute wiederfinden würde, um mich für den Horizont, die Wellen, die Vögel, die Sonne und die Wolken zu begeistern. Leider bringen mich das hartnäckige Gefühl der Unsicherheit und meine starke Müdigkeit fast um den Verstand und verhindern, dass mich jenes angenehme Entzücken von damals erneut erfasst. Da mir die anderen so wenig Interesse entgegenbrachten und ich niemandem Rechenschaft ablegen musste, was mir nur recht war, kam es sogar vor, dass ich Gedichte schrieb. Selbstverständlich nur, wenn ich alleine war.

Während ich zwei träge, nicht besonders optimistische Schwimmzüge mache, hoffe ich, dass mein guter Stern und meine Endorphine sich endlich entschließen, doch noch bei mir vorbeizukommen, oder dass eine schicksalhafte Strömung mich schneller als erwartet in die richtige Richtung treibt (in meiner Situation kann ich nur noch auf Wunder hoffen). Ich hebe den Kopf aus dem Wasser, um zu überprüfen, ob die Küste (meine Küste) zu sehen ist, wenn auch in weiter Ferne, das wäre mir egal. Hauptsache, sie ist zu sehen. Nichts. Nicht der schmalste dunkle Streifen am Horizont. Frankreich ist nicht in Sicht. Dafür aber etwas anderes: eine Boje. Eine riesige und dunkelgrüne Boje, wie mir scheint, doch sie ist noch weit von mir entfernt. Und diese unerwartete, unverhoffte Boje – man könnte sie sogar segensreich nennen – gibt mir innerhalb einer Sekunde den Mut zurück, der mich schon seit einer Weile verlassen hat. Diese Boje ist wie eine Insel, eine Zufluchtsstätte, ein Geschenk des Himmels.

Ich brülle so laut *L'Aziza*, dass der Schnorchel beinahe platzt. Kräftig schlage ich mit den Händen ohne Paddles auf das Wasser und schlängle mich wie ein Rumbatänzer, damit meine Schwertwalflossen mir eine olympiaverdächtige Geschwindigkeit verleihen. Grenzenlose Energie treibt mich an. Ich sehe, dass die Boje – *meine* Boje – sich nähert. Da ist sie, hoch wie ein Haus, träge, friedlich und tatsächlich grün. Der vom Wasser bedeckte Teil ist mit Algen besetzt und der herausragende Teil mit Rost. Oben auf der Spitze der Boje sitzt eine Laterne, die vermutlich in der Dunkelheit leuchtet. Das Heulen eines Nebelhorns wird durch den Seegang aktiviert. Im Grunde ist sie Furcht erregend. Ich stelle mir vor, dass sich in dem dunklen Wasser entlang der dicken Kette, die die Boje mit dem Meeresgrund verbindet, albtraumartige, angriffslustige Meerestiere herumtreiben. Erfreut, dass sich endlich einmal ein Schwimmer in ihre Welt verirrt, versammeln sie sich sicherlich gerade zu einer Besprechung, in der sie beschließen, am besten erst einmal meine Beine zu fressen. Angespornt durch diese unerträgliche Vorstellung (schließlich brauche ich meine unteren Gliedmaßen, um Victoire zu erreichen, und abgesehen davon kann ich mir kaum vorstellen, dass sie ihr Herz an einen beinlosen Krüppel verliert), klammere ich mich an den Rand der riesigen Boje. Ich ziehe mich mit einem Klimmzug hoch, den ich nur schaffe, weil ich große Angst vor der Tiefe habe. Dann setze ich mich auf den schmalen, verrosteten Rand und halte mich, so gut ich kann, in einer unbequemen, aber alles in allem erholsamen Position an herausragenden Metallteilen fest. Meine Flossen ragen ins Wasser. Ich plansche und fühle mich prima. Ich denke sogar, dass es vernünftiger wäre, Victoire ganz zu vergessen und zu hoffen, dass ein Schiff auftaucht und mich einsammelt, auch wenn ich ein paar Wochen darauf warten muss.

Das heftige Hin- und Herschaukeln meiner Glücksinsel im Seegang, die in jedem Wellental wie eine Seekuh herzergreifend muht, könnte einen verrückt machen. Mich nicht. Jedenfalls nicht in diesem Augenblick. Ich finde diese durchdringenden Heultöne, die verhindern, dass ich schläfrig werde, sogar beruhigend. Man muss allerdings sagen, dass meine Position, die noch unbequemer ist als die gestern Nacht auf der kleinen Polizeiwache in Dover, ohnehin kaum zum Schlafen geeignet ist.

Apropos Dover. Von meinem etwas erhöhten Aussichtspunkt werfe ich einen Blick in Richtung England, sehe nichts als den Horizont und bin stolz, dass ich zumindest die englische Küste hinter mir gelassen habe. Ich hebe den Kopf und versuche anhand des Sonnenstandes auf die

Uhrzeit zu schließen. Die Sonne steht noch hoch am Himmel. Also gehe ich davon aus, dass mir, sobald ich mich entschließe, wieder ins Wasser zu tauchen, noch ein paar Stunden zum Schwimmen zur Verfügung stehen. Habe ich wirklich Lust dazu? Im Moment erhole ich mich erst einmal. Ich werde mir die Frage später stellen.

Meine Boje (eigentlich müsste ich schreiben »mein neuer Freund«; in Extremsituationen fasst man schnell Zuneigung) ist mit einer sehr großen Aufschrift versehen: A6. Was das bedeutet, weiß ich nicht. Es wird sich wohl kaum um die Autobahn Paris-Marseille handeln, die in den Süden führt. Ich gebe zu, dass es für mich ein gutes Omen ist. Ich denke an die Autoschlangen, die über den heißen Asphalt kriechen; an Rastplätze, an die Wiesen, auf denen man sich ausstreckt, nachdem man stundenlang hinter dem Steuer gesessen hat; an den ungenießbaren Kaffee aus den Automaten der Tankstellen und an die dreieckigen Sandwiches. An all diese lächerlichen Dinge denke ich und kann mir nicht vorstellen, dass ich sie niemals mehr sehen werde (wenn man an diesem Punkt der Verzweiflung angelangt ist, ist man bereit, sich an alles zu klammern, auch an eine grüne Boje wie die, auf der ich sitze).

Ich hätte nicht an die dreieckigen Sandwiches denken dürfen. Allein die Vorstellung erinnert mich an den Hunger, der mich quält, seitdem ich den wütenden Vögeln meinen Rucksack überlassen musste. Dank der Vögel profitiere ich zwar von einem geringeren Strömungswiderstand, aber das ist ein schwacher Trost, denn nun habe ich nichts mehr zu beißen. Ich glaube nicht, dass es möglich ist, ohne Ausrüstung irgendetwas zu fangen. Daher beuge ich mich verzweifelt hinunter, um den ins Wasser ragenden Teil meiner künstlichen Insel zu betrachten. Vielleicht entdecke ich ein paar an der Wand klebende Muscheln. Bedauerlicherweise sind Muscheln jedoch nicht so dumm und Schnecken ebenfalls nicht. Warum sollten sie sich fern der Küsten und der Felsen an diese Boje A6 kleben? Es ist ganz schön naiv von mir zu glauben, dass mir eine dieser riesigen Meeresfrüchteplatten serviert wird, die man aus Angst, sie nicht zu schaffen, im Restaurant Charlot nicht zu bestellen wagt. Bleiben noch die Algen. Irgendwo habe ich gelesen, dass sie viel Protein enthalten. Ich tauche meine Finger ins Wasser, kratze ein paar Wasserpflanzen ab und stopfe sie mir, ohne lange zu überlegen, in den Mund. Ich bin sicher, dass sie mir nicht schaden werden, und finde, sie schmecken sogar ganz gut. Jedenfalls nicht so schlecht. Ich identifiziere mich mit dieser Seekuh, die in der grünen Boje eingeschlossen ist und Tag und Nacht muht. Ebenso wie sie fresse ich mitten auf dem Meer faserige Algen und sage mir, dass ich nicht der unglücklichste Mensch bin, denn immerhin lebe ich noch. Zudem ist es nicht der richtige Augenblick, um wählerisch zu sein. Wenn ich daran denke, was für ein Drama es jedes Mal war, mich als Kind dazu zu bewegen, auch nur einen einzigen Löffel Spinat zu essen.

10

Mein üblicher Platz hinter dem Schalter

Eines Tages (vor meiner Zeit als Privatdetektiv) saß ich in der BNP-Filiale auf dem Boulevard Arago auf meinem üblichen Platz hinter dem Schalter, ohne die Produktion meiner Endorphine im Geringsten anzukurbeln, das heißt, ohne etwas zu tun. Ich hatte schon immer den Status eines Drückebergers, obwohl ich mich nicht verstecke.

Margot (die unverheiratete ältere Kollegin, die sich mit jungen Liebhabern vergnügt) sucht schon eine ganze Weile eine Akte, ohne sie zu finden. Motiviert durch die unverhoffte Gelegenheit, mich nützlich zu machen, wenn auch nicht unentbehrlich, frage ich sie:

»Kann ich Ihnen helfen?«

»Ich finde die Treuhandakte Tradust nicht ...«

Sie öffnet und schließt die Metallschubladen, flucht leise, geht hin und her, hockt sich hin und steht wieder auf, bis Bernard (Kollege Nummer zwei, der aus unerfindlichen Gründen immer seine Brille auf den Kopf schiebt) zu ihr sagt:

»Die Akte muss oben bei Victoire liegen. Ich erinnere mich, dass sie sie gestern brauchte.«

Oben bei Victoire ... Ich stehe von meinem Schreibtischstuhl auf, als hätte mich eine Feder in die Senkrechte befördert.

»Bemühen Sie sich nicht, Margot. Ich hole sie.«

»Nein, das ist doch nicht nötig.«

»Ich bin froh, wenn ich Ihnen behilflich sein kann, zumal ich gerade keinen Kunden habe (kein Wunder, denn vor meinem Schalter stehen *nie* Kunden). Dann habe ich auch gleich ein bisschen Bewegung.«

»Danke, Gérald, das ist sehr freundlich von Ihnen.«

Natürlich ist es das. Ich bin *immer* sehr freundlich, sehr höflich, sehr hilfsbereit und sehr dumm, aber ich kann nichts dafür. Das ist mein Naturell, so bin ich nun mal. Wenn bis zu meinem Tode niemand meine Anwesenheit auf dieser Erde bemerkt haben sollte, war ich wenigstens ein lieber Junge.

Ich steige die Treppe im Eilschritt hinauf (das ist idiotisch, weil ich vollkommen außer Atem oben ankommen werde). Die Tür zu Victoires Büro ist geöffnet. Sie telefoniert. Ich bleibe auf der Schwelle stehen. Ich hüstle leise. Sie sieht mich und bedeutet mir einzutreten. Mit einem strahlenden Lächeln, das mich wie einen Eisbecher mitten in der Sahara schmelzen lässt, zeigt sie auf den Stuhl ihr gegenüber, damit ich mich dort hinsetze. Genau das tue ich. Allerdings nur auf den Rand. Ein bisschen steif. Ich bin nicht zu Victoire gegangen, um mit ihr zu plaudern. Mit einer Handbewegung, die von einem zweiten Lächeln begleitet wird (das mich wie eine doppelte Eisportion mitten in der Sahara schmelzen lässt), entschuldigt sie sich für ihr Telefongespräch und zeigt mir mit den Fingern, dass es noch drei Minuten dauert. Ich antworte pantomimisch, sie könne sich ruhig Zeit lassen, denn ich habe es nicht eilig. Ich hätte sogar hinzufügen können, sie solle nicht zögern, eine oder zwei Stunden zu telefonieren, wenn sie Lust dazu habe. Es macht mich glücklich, in ihrem Büro zu sitzen und sie zur Abwechslung mal nicht heimlich zu betrachten, doch das sage ich nicht.

Es ist Sommer. Victoire ist dementsprechend gekleidet. Das heißt, sehr luftig. Sobald die schöne Jahreszeit beginnt, sind die Stoffe leicht und bunt. Sie trägt einen gelben Faltenrock, in dem ich sie schon mal gesehen habe und der mir sehr gut gefällt. Alle ihre Bewegungen übertragen sich auf den Rock. Wenn sie die Hüften schwingt, schwingt er mit, und wenn sie sich dreht, dreht der Rock sich auch. Dazu trägt sie eine weiße Baumwollbluse, deren drei oberste Knöpfe geöffnet sind. Auf ihrem Stuhl, auf dem sie im Augenblick wie eine Telefonistin sitzt, schlägt sie ihre nackten Beine übereinander und stellt sie dann wieder nebeneinander auf den Boden. Sie dreht sich auf ihrem Stuhl, ohne mir ganz den Rücken zuzuwenden, und richtet den Blick aufs Fenster. Ich kann nur noch die Andeutung ihres Profils sehen. Das macht aber nichts, denn ich kenne ihr Gesicht ganz genau. In dem Licht sieht Victoire noch hübscher aus. Sie beugt sich ein Stück vor und schenkt mir wieder ein Lächeln, das bedeutet, »es tut mir leid«, und setzt ihr Gespräch fort.

Mir gelingt es nicht herauszufinden, mit wem sie telefoniert. Mit einem Kunden? Nein, ich glaube nicht, dass es sich um ein Kundengespräch handelt. Dafür ist der Ton zu freundschaftlich. Eine Freundin? Möglich. Ein Freund? Leider auch möglich. Ich achte nicht besonders auf das Gespräch. Nicht, weil ich um Diskretion bemüht bin, sondern weil ich Victoire lieber betrachte, als ihr zuzuhören. Mit einer geschmeidigen Bewegung steht sie plötzlich auf, tritt ans Fenster und schaut auf die Straße, während sie ihr Gespräch fortsetzt. Als sie dort im Gegenlicht des schönen Sommertages steht, hätte sie es verdient, dass man ein Foto von ihr macht. Ich kann deutlich sehen, dass sich unter der durchscheinenden Baumwollbluse ihre Brust abzeichnet. Ich erahne ihre kleinen, runden Brüste. Ich beneide die Hand, die sich auf sie legt. Vielleicht meine eines Tages? … Sie dreht sich zu mir um, was mich keineswegs verwirrt, und schaut wieder nach unten auf die Straße. Sie weiß genau, dass ich sie beobachte, und tut nichts, um sich dem zu entziehen. Als legte sie Wert darauf, dass ich während ihres Telefongesprächs weiter meine Aufmerksamkeit auf sie richte. Vielleicht zieht sie das Gespräch sogar absichtlich in die Länge? Sie verlagert ihr Gewicht auf das andere Bein, lehnt sich gegen das Fenster, schwingt leicht die Hüften, streicht sich eine Haarsträhne aus dem Gesicht und lacht wie ein junges Mädchen (ein unmöglicher Plan kommt mir in den Sinn: nicht nur ein Foto von ihr zu machen, sondern auch ihr Lachen aufzunehmen).

Dann kehrt sie zu ihrem Schreibtischstuhl zurück, beendet das Gespräch, indem sie ein Küsschen in den Hörer haucht, und legt auf. Das liefert mir leider keine neuen Hinweise.

»Verzeihen Sie, Gérald, meine Mutter plaudert gern ...«

Ach: ihre Mutter. Als wir uns nun an ihrem Schreibtisch gegenübersitzen, treten die hierarchischen Strukturen wieder hervor, auch wenn Victoire ihre höhere Position niemals durch ihr Verhalten hervorgehoben hat. Als sie mich ansieht, weiß ich nicht mehr, wohin mit meinen Händen.

»Hm ... meine auch ... nun, wenn wir miteinander gesprochen haben ...«

»Verzeihen Sie die Frage, ist Ihre Mutter verstorben?«

»Vielleicht. Ich weiß es nicht genau ... Jedenfalls telefonieren wir nicht.«

Victoire, die spürt, dass es sich um ein heikles Thema handelt, wagt es vermutlich nicht, weitere Fragen zu stellen. Stattdessen kommt sie auf unseren Job zu sprechen, den ich während ihres Telefonats auf wunderbare Weise ausblenden konnte.

»Was führt Sie zu mir?«

»Hm ... haben Sie die Treuhandakte Tradust? Margot schickt mich.«

»Ja, die habe ich. Entschuldigen Sie, ich habe vergessen, sie zurückzubringen. Ich gebe sie Ihnen sofort.«

Sie beugt sich zu einem Regal hinunter, das hinter ihr steht (sie hat einen wunderschönen Rücken, und ihre Schulterpartie ist einfach umwerfend; in diesem Augenblick wäre ich gerne Henri Matisse), und zieht die betreffende Akte heraus.

»Hier ist sie.«

»Danke.«

»Ich habe mich gefreut, Sie zu sehen, Gérald.«

»Ich auch.«

»Es tut mir wirklich leid, dass ich Ihre Zeit verschwendet habe.«

»Das haben Sie nicht.«

Diese kurze, scheinbar harmlose und ungezwungene Antwort erhellt ihr Gesicht, das bereits strahlt (das Lächeln dieser jungen Frau müsste im Internationalen Büro für Maß und Gewicht in Sèvres als Richtmaß eines Lächelns hinterlegt werden). Ich könnte mir gut vorstellen, dass wir diese ein wenig gewagte Plauderei noch ein paar Minuten fortgesetzt hätten, wenn nicht plötzlich diese furchtbar herrische Stimme aus der Schalterhalle zu uns nach oben gedrungen wäre:

»Hände hoch! Keiner bewegt sich. Alle runter auf den Boden. Das ist ein Überfall!«

Sofort darauf folgen große Aufregung und ein entsetzlicher Lärm. Wir hören, dass Stühle umfallen und Menschen sich auf den Boden werfen. Man stelle sich das Chaos unten im Erdgeschoss vor. Victoire erblasst. Ich nicht. Vielleicht bietet sich mir jetzt endlich die Gelegenheit, wie ein Held aufzutreten und Victoire zu retten, zwar nicht aus den Flammen oder vor der herabstürzenden Decke, aber vor einem gefährlichen Bankräuber. Das ist sogar noch besser, ein Geschenk des Himmels. Victoire sagt »Scheiße« (sie sieht noch immer hübsch aus, auch wenn sie Angst hat und sich vulgär ausdrückt). Blitzschnell steht sie auf und läuft auf die Treppe zu. Ich lasse ihr den Vortritt. Um sie zu retten, muss ich ihr folgen. Ich höre Gesprächsfetzen. Sie versuchen, zu verhandeln und diesen maskierten Mann wieder zur Vernunft zu bringen (ich nehme an, dass er maskiert ist. Niemand überfällt eine Bank, ohne sich zu maskieren, oder er müsste schon unglaublich bescheuert sein). Wieder grelle, laute Schreie, und inmitten des Lärms meine ich, Victoires wunderschöne Stimme zu erkennen. Ich höre jemanden nervös Befehle brüllen: »Geld her! Geld her!«, und dann in deutlich bedrohlicherem Ton: »GELD HER, VERDAMMT, ODER ICH LEG SIE UM!« Das ist der Moment, in dem ich mich entschließe, aufzustehen und zu meinen Kollegen zu gehen.

Als ich im Erdgeschoss ankomme, sehe ich einen Typen, der in der Tat maskiert und sehr nervös ist. Er bedroht das gesamte Personal, das flach auf dem Boden liegt, mit einer Pistole. Er hält Victoire an sich gepresst und ist offenbar bereit, sie umzulegen (zumindest hat er es so ausgedrückt), wenn er das Geld nicht bekommt. Alles in allem eine klassische Situation. Nur dass dieser ekelhafte Typ in diesem Augenblick Victoire an sich drückt, und dabei ist es doch *mein* Traum, sie in den Armen zu halten – natürlich mit ihrem Einverständnis. Der Bankräuber bemerkt mich nicht (er wäre auch der Erste), als ich mich von hinten anschleiche. Von einer wahnsinnigen Wut angetrieben (ich weiß nicht, woher ich sie nehme), presse ich meine Fäuste gegeneinander, schlage sie mit voller Wucht auf den Unterarm des potenziellen Mörders und entwaffne ihn mit einem Schlag. Die Pistole fällt ihm aus der Hand und rutscht ein paar Meter über den Boden. Bernard, mein Kollege vom Schalter, hebt sie auf. Victoire nutzt das Überraschungsmoment, um sich von dem Bankräuber loszureißen. Der schaut nun in den Lauf der Waffe und hebt beschämt die Arme in die Höhe. Margot ruft die Polizei. Ein paar Minuten stehen wir alle reglos da, bis die Polizei eintrifft und den Missetäter verhaftet. Dieser wirft mir nicht einmal den hasserfüllten Blick zu, auf den ich Anspruch gehabt hätte.

Dann kehrt wieder Ruhe in unserer Bankfiliale ein. Alle beglückwünschen einander und fallen sich gegenseitig in die Arme. Sie danken Bernard für seine Besonnenheit, Victoire für ihren Mut und Margot für ihren geistesgegenwärtigen Anruf bei der Polizei. Und zu mir sagt niemand etwas. Ich existiere wieder einmal nicht. Ich stelle die umgeworfenen Stühle hin, schaffe Ordnung in dem Chaos und schlängle mich unsichtbar an den Kollegen vorbei, die sich in den Armen liegen. Als die Filialleiterin später zurückkehrt (sie hatte zum Zeitpunkt des Vorfalls ein Kundengespräch außer Haus), erzählen ihr alle, was geschehen ist. Daraufhin dankt sie ihrerseits Bernard für seine Besonnenheit und Victoire und Margot für ihren Mut beziehungsweise ihren geistesgegenwärtigen Anruf bei der Polizei. Während sie sich im Kreis dreht, wandert ihr Blick durch die ganze Schalterhalle.

»Ich bin fassungslos … Man kann sich gar nicht vorstellen, dass hier so etwas passiert ist, nicht wahr?«

Worauf jemand – ich weiß nicht mehr wer, vielleicht Margot? – ausweichend antwortet:

»Wir haben ein bisschen Ordnung geschaffen.«

Die Filialleiterin bittet nicht um nähere Informationen. Als sie die Treppe zu ihrem Büro hinaufsteigt, murmelt sie immer wieder: »Was für eine Geschichte …!« Als der Polizeikommissar am Nachmittag kommt, um die Zeugenaussagen aufzunehmen, hört er sich geduldig an, was alle zu sagen haben. Nur mich fragt er nicht, und das Gegenteil hätte mich auch überrascht. In seinem Bericht steht nicht, wie der Bankräuber entwaffnet wurde, und niemand stellt sich jemals diese Frage.

Ich war der wichtigste Akteur in einer heldenhaften Aktion. Ich habe ein großes Risiko auf mich genommen und mutig und selbstlos gehandelt (natürlich verbunden mit der Hoffnung, Victoires Herz zu erobern oder sie zumindest zu beeindrucken). Wer weiß, was ohne mein Einschreiten geschehen wäre. Vielleicht hätte der Wahnsinnige plötzlich die Nerven verloren, auf den Abzug gedrückt und im Bruchteil einer Sekunde das Gehirn meiner heimlichen Liebe auf der Wand der BNP-Filiale verteilt. Ich habe ihr das Leben gerettet. Für nichts und wieder nichts. Aber zumindest lebt sie noch. Und es ist auf jeden Fall angenehmer, in eine lebende als in eine tote Frau verliebt zu sein, auch wenn ich so noch mehr leide. Wäre Victoire tot, würde ich zwar jede Hoffnung verlieren, sie jemals in den Armen zu halten, aber wenigstens würde sie sich dann auch keinem anderen in die Arme werfen. Ich wäre traurig und zugleich erleichtert. Ich könnte wieder richtig schlafen. Ich hätte wieder Appetit. Ich könnte mich für andere Frauen interessieren, auch wenn es nicht sicher wäre, dass sie sich für mich interessieren. Das ist natürlich nur ein Gedankenspiel: Andere Frauen interessieren mich nicht, denn Victoire lebt.

Und aus diesem Grunde sage ich mir, als ich nun auf dieser riesigen, verrosteten Boje sitze, dass ich sie auf gar keinen Fall noch länger alleine am Strand von Calais warten lassen darf.

11

Wie eine Muschel an ihrem Felsen

Wie eine Muschel an ihrem Felsen hänge ich an meiner Heulboje und bin allmählich satt, nachdem ich mich mit Algen vollgestopft habe, von denen ich nicht einmal weiß, ob sie genießbar sind. Egal. Jedenfalls ist mein Hunger gestillt. Wenn ich nicht in eine Fleisch fressende Muschel verwandelt werden will, ist es höchste Zeit, entschlossen wieder ins Wasser zu tauchen, um den anstrengenden Weg zur französischen Küste fortzusetzen, und zu Victoire, die dort auf mich wartet.

Ich schicke mich an, die Tauchermaske auf mein aufgequollenes Gesicht zu setzen, das aus der ovalen Öffnung der Kopfhaube meines Taucheranzugs herausguckt (dabei komme ich mir vor wie eine Tube Zahnpasta, deren Verschluss verlegt wurde). Plötzlich sehe ich im Westen ein weißes Segel, das sich in meine Richtung bewegt. Ein Schiff, ein Segelboot von beachtlicher Größe, fährt genau auf mich zu. Es ist schon ganz in meiner Nähe und wird in einem Abstand von ein paar Metern an mir vorbeifahren.

Ich kann die Besatzung deutlich erkennen, doch niemand scheint den Typen – also mich – zu sehen, der an der Boje hängt, auf die sie zusteuern. Ich schwenke keinen Arm durch die Luft und rufe nicht um Hilfe, denn ich bin sprachlos, als ich die Mannschaft erkenne. Mit einer Kapitänsmütze auf dem Kopf und in einer Jacke mit goldenen Knöpfen und einer weißen Hose steht mein Vater stolz am Ruder. Er hat uns niemals etwas von seiner Freude am Segelsport erzählt. Und jetzt steuert mein Vater, der kaum Falten bekommen hat, kaum ergraut und kaum gealtert ist, mit einem zufriedenen Lächeln, das ich gar nicht kannte, das Segelboot. Seit über zwanzig Jahren habe ich ihn nicht gesehen und in der ganzen Zeit nichts von ihm gehört. Ich bin absolut sicher, dass es sich um meinen Vater handelt, denn neben ihm steht meine Mutter mit zerzaustem Haar. Sie zieht genüsslich an einer Mentholzigarette, die in einer langen Zigarettenspitze steckt. Und dabei hat sie nie in ihrem Leben geraucht. Am Heck des Schiffes beugen sich meine drei Brüder und meine Schwester über das Dollbord aus Mahagoni. Das glänzende Wasser erhellt ihre Gesichter. Sie sind nicht größer geworden, sondern die Kinder geblieben, die ich in Erinnerung behalten habe. Sie zeigen auf die Boje (»meine« Boje), ohne mich zu bemerken, und selbst wenn sie mich gesehen hätten, hätten sie mich sicher nicht erkannt. Im Gegensatz zu ihnen bin ich nun erwachsen und stecke zudem in einem Taucheranzug, der jeden unkenntlich macht. Sie lachen schallend. Das Segeln macht ihnen großen Spaß.

Das Segelboot entfernt sich wieder. Ich höre die Stimme meines Vaters, der fröhlich ruft: »Klar zum Wenden?« Und die Kinder antworten im Chor: »Ist klar!« Meine Mutter kichert und bläst Kringel in die Luft. Das Schiff dreht sich auf der Stelle, und einen kurzen Augenblick erschlaffen die Segel, bis sie sich auf der anderen Seite wieder aufblähen. Das Schiff fährt erneut auf mich zu. Haben sie mich entdeckt? Werden sie mich retten und sich gleichzeitig entschuldigen, dass sie mich allein gelassen haben, als sie alle nach Argentinien ausgewandert sind? Nein. Sie fahren an der Boje vorbei, diesmal auf der anderen Seite, und entfernen sich von mir. Mein Vater schreit wieder: »Klar zum Wenden?« Und die Kinder antworten: »Ist klar!« Dieses Manöver wiederholen sie sechs oder sieben Mal, und das in immer kürzeren Abständen, als würden sie für den America's Cup trainieren. Schließlich geht es fast wie von selbst.

Als sie zum letzten Mal an mir vorbeisegeln, tritt eine elegante Dame mit der gleichgültigen Miene einer Landbewohnerin, die nichts vom Meer versteht, aus der Kabine. Sie wirft einen ungläubigen Blick auf die endlose Weite des Himmels, liest in einem Buch und nippt an einem Glas Whisky. Ich erkenne meine Französischlehrerin, Madame Delavalle, die mich drei Jahre hintereinander im Internat unterrichtet hat. Was macht sie auf diesem Segelboot? Woher kennt sie meine Eltern? Das werde ich wohl nie erfahren. Das Schiff kommt der Boje so nahe, dass es beinahe das verrostete Metall berührt und mich zwingt, meine Beine einzuziehen. Ich kann sogar den Titel des Buches erkennen, das sie liest: *Die Möwe* von Tschechow. Beinahe hätte ich meine schwimmende Insel losgelassen. Ich kneife die Augen so fest zusammen, wie ich kann, und warte, dass es vorübergeht. Was? Ich weiß es nicht genau, aber ich warte, dass es vorübergeht. Als ich die Augen dreißig Sekunden später wieder öffne, sehe ich nichts mehr, keine Segel, kein Schiff, keine Eltern, keine Brüder, keine Schwester, keine Madame Delavalle und keine *Möwe*. Ich bin wieder allein, und rings um mich herum, so weit das Auge reicht, gibt es nur Wasser. Und das ist auch nicht besser.

Hastig setze ich meine Tauchermaske auf, stecke mir den Schnorchel in den Mund und gleite ins Wasser. Und dann schwimme ich mit verzweifelter Kraftanstrengung weiter, als wollte ich diese irrsinnigen Bilder aus meinem Kopf vertreiben. Für die geisterhafte Erscheinung meiner Familie und meiner Lehrerin kann es nur einen Grund geben. Ich verfluche die mörderische Sonne (mörderisch und unerwartet in diesen Breitengraden), die meine Sinne verwirrt hat. Das Wasser ist nicht mehr mein Feind. Ganz im Gegenteil stelle ich überrascht fest, dass mich das Schwimmen glücklich macht. Ich schwimme kraftvoller als jemals zuvor. Nichts kann mich aufhalten. Das Bild von Victoire tanzt vor meinen Augen. Sie beugt sich hinunter, um eine Akte aus dem Regal zu nehmen. Ich kann die nackte Haut ihrer Oberschenkel sehen. Sie lächelt mich an. Bald gehört sie mir.

Mir schießt der Gedanke durch den Kopf, dass die Algen, die ich von der Boje gekratzt habe, vielleicht Halluzinationen hervorgerufen haben. Das würde noch besser als die Sonne die beängstigenden Bilder meiner Familie beim Segeln erklären. Vielleicht. Es wäre eine beruhigende Erklärung. Aber eigentlich ist es mir auch egal. Selbst wenn die Algen auf dem offenen Meer Halluzinationen hervorrufen, so sind sie auf jeden Fall wunderbare Energiespender. Ich schwimme weiter und zerteile mit den Armen das Wasser, das schäumend in die Höhe spritzt. Ich gebe alles. Ich wachse über mich hinaus und fühle mich wie ein Fisch im Wasser.

Ich hätte Lust mich umzudrehen, um zu sehen, ob die Boje schon weit entfernt ist. Aber es ist noch zu früh. Ich habe Angst, dass mich die lächerliche zurückgelegte Strecke wieder so enttäuschen könnte wie die Entfernung zur englischen Küste, als ich mich heute Morgen das erste Mal umgedreht habe. Also schinde ich mich ab und kämpfe gegen das Wasser an. Ich komme mir vor wie ein Boxer vor einem Sandsack, wie der Cerdan der Wellen, wie der Ali der hohen See. Kurz darauf halte ich es nicht mehr aus und unterbreche meine kraftvollen, mechanischen Schwimmbewegungen. Ich drehe mich um, um zu sehen, wie weit ich gekommen bin. Victoire, Sieg! (Was für ein herrliches Wort und was für ein wunderbarer Vorname.) Meine Boje ist nur noch ein lächerlicher Punkt am Horizont. Das beweist, dass der Bankangestellte gar kein so schlechter Schwimmer ist. Die Heulboje ist weit entfernt und meine Verlobte umso näher. Mehr braucht es nicht, um zu dem Schluss zu gelangen, dass das Leben schön ist.

Ich vertraue auf die Sonne und setze meine abenteuerliche Durchquerung des Ärmelkanals fort. Aus voller Kehle singe ich wieder die Zeile aus *L'Aziza*, die ich kurzfristig vergessen hatte, was mir erlaubt, die Bewegungen der Arme und Beine rhythmisch genau aufeinander abzustimmen. Ich hätte nie gedacht, dass ich eines Tages in der Lage sein würde, eine solche Anstrengung und eine so unmenschliche Herausforderung auf mich zu nehmen. Die Liebe verleiht Flügel, heißt es. Offenbar verleiht sie auch Schwimmflossen.

An einem heißen Sommertag, an dem kein Lüftchen wehte, war es in Paris wie in allen Großstädten unerträglich schwül. Die feuchte Sommerluft drang in die Geschäfte, die Straßen und die öffentlichen Verkehrsmittel ein. Wir schwitzten alle in der Bankfiliale. Margot war zu dem Schluss gekommen, dass die Klimaanlage bei den Temperaturen völliger Schwachsinn war. Am Ende würden wir uns alle nur heftig erkälten. Sie ging sogar noch weiter und behauptete, dass der Temperaturunterschied zwischen drinnen und draußen so extrem sei, dass der Zahnschmelz platzen könne. Darum war die Klimaanlage bei uns auf dem Boulevard Arago ausgeschaltet. Besonders die Männer ärgerten sich darüber, denn sie schwitzten furchtbar, weil sie ihre Jacketts anbehalten mussten, um die Schweißringe auf den Hemden zu verbergen. Bei mir ging es noch. Ich existierte nicht und war trocken.

In der Mittagspause höre ich, dass sie darüber sprechen, am nächsten Samstag zusammen in ein Schwimmbad zu gehen. Alle sind begeistert. Ja, ins Schwimmbad, was für eine tolle Idee. Selbstverständlich spricht mit mir niemand über den Plan. Man könnte sich fragen, ob ich überhaupt zum Personal gehöre, doch ich will nicht lange darüber lamentieren. Ich bin es gewohnt, vergessen zu werden. Da Victoire sich ebenfalls für die Idee begeistert, mit den anderen in dieses Meer von Menschen einzutauchen und sich auf einem kleinen, bitter erkämpften Stück des Rasens auszustrecken, schreibe ich mir den Namen des Freibades auf, das sich in einem Vorort von Paris befindet. Dann esse ich gut gelaunt eine Karamellcreme auf, die köstlich nach Chemie schmeckt.

Am Freitagabend sagen alle »bis morgen«. Zu mir sagen sie nichts, aber das ist ganz normal. Sie können sich nicht vorstellen, dass ich bei dieser drückenden Hitze Lust haben könnte, mit meinen Kollegen im Schwimmbad in Sceaux schwimmen zu gehen. Vermutlich gehen sie davon aus, dass ich weder schwimmen kann noch eine Badehose besitze. Am Samstag ist das herrlichste Wetter. Ich steige aus der Regionalbahn und befinde mich nach einem kurzen Fußmarsch alleine an der Kasse des städtischen Freibades. Nachdem ich mich in der Kabine umgezogen und meine Sachen in den Spind geräumt habe, stehe ich in der Badehose da. Ein unvorteilhafter Spiegel zeigt mir das Bild meines blassen Körpers eines Parisers, der zu wenig Sonne mitbekommen hat. Ich biete keinen sensationellen Anblick. Ist es überhaupt klug, Victoire in diesem Zustand gegenüberzutreten? Wird sie sich nicht über meine unglaubliche Blässe lustig machen? Doch um sich über mich lustig machen zu können, muss sie mich erst einmal bemerken. Zudem bin ich nicht ins Schwimmbad gegangen, um mich zu zeigen, sondern um sie zu sehen. Ich lächle mir zu, um mir Mut zu machen. Mein Doppelgänger tut es mir gleich, und ich verlasse die Umkleidekabinen im Untergeschoss, in dem es nach Chlor riecht. Ein paar Sekunden später tauche ich aus den Katakomben auf und sehe, wie groß das Schwimmbad ist. Ich bekomme einen mächtigen Schreck. Es ist riesengroß. Gigantisch. Viele Hunderte städtische Sommerfrischler braten in der Sonne. Andere tummeln sich in dem übervollen Schwimmbecken. Man kann weder planschen noch schwimmen. Bei jedem Schwimmzug läuft man Gefahr, einem anderen Badegast eine Ohrfeige zu verpassen. Wie soll ich inmitten dieser unzähligen weißen Gestalten, die ausgestreckt im Gras liegen, dessen grüne Farbe unter den vielen Körpern nicht mehr zu erkennen ist, die Kollegen von der BNP-Filiale finden? Während ich um die Badegäste herumlaufe und über sie hinwegsteige, lasse ich meinen Blick schweifen. Wie viele Menschen sind das? Tausend vielleicht. Ich bin noch keine dreißig Sekunden da, als ich die einzige junge Frau zwischen 999 verschwommenen Gestalten deutlich erkenne. Die Liebe ist wie ein Radar. Victoire sitzt auf einem Badehandtuch mit blauen und orangeroten Streifen. Margot reibt ihr den Rücken mit Sonnencreme ein (zum Glück ist es Margot, ich hätte es nicht ertragen, wenn Bernard es gemacht hätte, der bestimmt sauer ist, dass Margot es übernommen hat). Ich gehe auf sie zu, schlängle mich an all den trägen Gestalten vorbei, streife gerötete

Haut, stoße gegen Beine und Arme, trete auf Haare und werfe Strandtaschen um. Ich profitiere von meiner Durchsichtigkeit und setze mich auf die Ecke eines Handtuchs, das mir nicht gehört. Der Platz ist ganz in der Nähe meiner Kollegen und dennoch ein bisschen abgelegen, denn ich habe keine Lust, mich zu ihnen zu gesellen.

Victoire ist gertenschlank. Sie hat einen flachen Bauch, lange, wohlgeformte Beine, einen perfekten Busen und die hübschesten Schultern, die ich jemals gesehen habe. Ihre natürliche Schönheit ist atemberaubend. Ihr mit Früchten bedruckter Bikini passt gut zu ihrem fröhlichen Lachen. Victoires Lachen verzaubert mich. Sie wirft den Kopf in den Nacken und trinkt einen Schluck Cola light. Dann legt sie sich auf den Rücken und schließt die Augen. Stille. Von dem Lärm ringsherum höre ich nichts mehr. Ich beobachte, wie sich Victoires Bauch im Rhythmus ihrer Atmung langsam hebt und senkt, und erstarre zur Salzsäule. Als Victoire sich auf den Bauch dreht, erstarre ich noch mehr (falls das überhaupt möglich ist). Mit einer sehr femininen Geste öffnet sie ihr Bikinioberteil, um sich nahtlos zu bräunen. Mein Blick gleitet über ihre perfekt geschwungene Wirbelsäule, die unter dem mit Früchten bedruckten Stoff endet, der ihren schönen Po bedeckt. Ich stelle mir ihre Brüste vor, die auf das Handtuch gedrückt werden. Als Victoire sich leicht auf den Unterarmen abstützt, um mit Margot zu plaudern, sehe ich ihren Brustansatz.

Ein paar Stunden später neigt sich der Nachmittag allmählich seinem Ende entgegen, und die Badegäste, die einen Tag Auszeit vom Alltag genommen haben, strömen zu den Umkleidekabinen und zum Bahnhof. Auch die kleine Gruppe der Bankfiliale vom Boulevard Arago sammelt ihre Sachen zusammen, die überall verstreut herumliegen – Handtücher, Bücher, Zeitschriften, leere Flaschen –, und verlässt den Rasen. Ich bleibe sitzen und bin entzückt, dass ich ein paar Stunden vollkommen reglos und beglückt hier verbracht habe. Ein paar Minuten warte ich noch, bis die längste Erektion, die ich jemals hatte, abgeklungen ist. Ich frage mich, ob es nicht angebracht wäre, mich um die Aufnahme in der nächsten Ausgabe des Guinness-Buchs der Rekorde zu bewerben. Als die unzähligen Müßiggänger das Schwimmbad verlassen haben, bleibe ich als letzter Badegast zurück und mache einen Kopfsprung in das mittlerweile menschenleere Schwimmbecken. Ich hoffe, dass ich dadurch wieder einen klaren Kopf bekomme und die Hitze zwischen meinen Beinen abkühlt. Obwohl ich nicht in meinem Element bin, als ich ein paar Bahnen schwimme, wird mein verrückter Plan geboren: »Eines Tages werde ich durch den Ärmelkanal schwimmen. Das wird allen die Sprache verschlagen.« Es geht mir nicht so sehr darum, die Kollegen von der Bank zu verblüffen, denn ich weiß nicht einmal, ob diese Heldentat sie umhaut. Ich möchte der hübschesten Frau der Welt beweisen, was ich für sie bereit bin, auf mich zu nehmen.

Damals im Schwimmbad in Sceaux ahnte ich nicht, dass das vor mir liegende Abenteuer so lang, eintönig und entmutigend sein würde, auch wenn ich immerzu laut *L'Aziza* in meinen neonfarbenen Schnorchel brülle. Doch das ist nicht weiter schlimm. Ich habe das Bild von Victoire vor Augen, die ausgestreckt im Gras liegt. Ich schwimme und küsse ihren Bauch; ich schwimme und öffne ihr Bikinioberteil; ich schwimme und reibe ihre Schultern zärtlich mit Sonnencreme ein; ich schwimme und schreibe Buchstaben auf ihren Rücken, die sie erraten muss; ich schwimme und berühre wie zufällig ihren Po; ich schwimme und streiche mit der Hand über ihre langen Beine. Unermüdlich schwimme und schwimme ich hundert Stunden, angetrieben durch die Erinnerung an ihr Lachen und fasziniert von den bezaubern dsten Zähnen der Welt. Verzweifelt und glücklich schwimme ich.

12

Sonnenuntergang über dem Ärmelkanal

Wie damals über Sceaux geht auch über dem Ärmelkanal die Sonne unter. Das macht mir nichts aus. Ich bin bereit, auch nachts zu schwimmen. Das schwarze Wasser jagt mir keine Angst mehr ein.

Als Gymnasiast mischte ich mich einst in den Sommerferien schüchtern unter eine Gruppe Augusturlauber in meinem Alter und ging am Strand der Normandie um Mitternacht mit ihnen schwimmen. Am meisten fürchtete ich mich vor dem schwarzen Wasser. Es gelang mir jedoch, meine Angst zu überwinden, denn ich hatte die Hoffnung, dass einige Mädchen, die kesser waren als die anderen, vielleicht ihr Bikinioberteil ausziehen würden. Das kam mitunter vor, auch wenn niemand etwas davon hatte, da die Dunkelheit uns verwehrte, ihre jugendlichen Brüste zu sehen. Dennoch war es schwindelerregend, in unmittelbarer Nähe dieser halb nackten Mädchen zu schwimmen. Als wir aus dem Wasser kamen, trennte sich die fröhliche kleine Gruppe und kehrte in die Ferienhäuser zurück, wo ihre Eltern sie schon besorgt erwarteten. Ich blieb zurück und stand nass und wie ein Dummkopf da, ohne mich von jemandem verabschiedet zu haben (niemand hatte nämlich bemerkt, dass ich dabei gewesen war). Doch das unsichtbare Bild der nächtlichen Brüste verwirrte mich noch immer.

Ich weiß nicht, wie tief das Wasser des Meeres ist, gegen das ich ankämpfe, und welche gigantischen Wassermassen sich unter mir wälzen. Ich weiß auch nicht, welche Entfernung mich von Calais trennt. Ich weiß weder, wie spät es ist, noch, seit wie vielen Stunden ich schwimme. Ich weiß nicht, ob Victoire bei Einbruch der Dunkelheit noch auf mich warten und ob sie mich erkennen wird, den erschöpften Amateurschwimmer mit den vom Meereswasser geröteten Augen, die aussehen wie die eines Russenkaninchens. Ich weiß nur eins: dass ich sie liebe. Und für diese Liebe kämpfe ich mit erlahmten Muskeln gegen Fluten und Winde an, während tausend Schmerzen meinen Körper quälen. Meine Motivation ist im Keller und das Herz wird mir schwer.

Und dann passiert etwas, wovor ich ganz vergessen habe, mich zu fürchten, und was Leistungssportler gut kennen (ich natürlich nicht, wie Sie sich sicher vorstellen können): ein Krampf, und zwar im linken Fuß. Ich erstarre. Im ganzen Bein spüre ich unerträgliche, wahnsinnig schmerzhafte Stiche. Ich schreie vor Schmerzen. Ich hätte nicht gedacht, dass ich so laut schreien kann Man muss mich von Dover bis Calais hören. Vielleicht macht sich sogar Victoire Sorgen, wenn sie diesen verzweifelten

Schrei hört, der mir fast die Lunge zerreißt. Die weißen Vögel bekommen Angst vor dem ruhigen Schwimmer, der plötzlich schreit wie am Spieß. Mein ganzer Körper versteift sich. Die unerträglichen Schmerzen lähmen meinen Oberkörper. Eine eiserne Faust umklammert mein Herz, und ich fürchte, es bleibt gleich stehen. Aufgrund eines Krampfes mitten im Ärmelkanal an Herzversagen zu sterben ... Absurd und jämmerlich. Zumal Victoire vergebens auf mich warten würde, wenn mein Abenteuer so zu Ende ginge. Ich kann dieses Bild von ihr nicht ertragen, wie sie bei Einbruch der Dunkelheit dort sitzt und es satthat, auf das menschenleere Meer zu starren. Ich sehe vor mir, wie sie aufsteht, sich mit vollendeter Anmut den Sand von den Beinen reibt und noch einmal die Augen mit der Hand abschirmt, ohne mich zu erblicken. Dann verlässt sie enttäuscht und fassungslos den Strand. Sie könnte sogar glauben, das Opfer eines schlechten Scherzes ihrer Kollegen geworden zu sein. Nein, das kann ich wirklich nicht ertragen.

Das Schlimmste bei einem Krampf ist, dass man vollkommen machtlos ist. Was kann man tun, damit er vorübergeht? Was, um die Qual zu beenden? Einige sagen, man müsse den betroffenen Körperteil auf eine kalte Fläche legen, zum Beispiel einen Kamin aus Marmor. Mitten im Ärmelkanal! Danke für den Tipp! Oder man solle vorbeugend ein Stück Kernseife unter die Decke legen, unter der man schläft. Ich habe in der vergangenen Nacht in der Mulde einer Düne und auf der Polizeiwache in Dover geschlafen. Ich wüsste also nicht, wo ich das Stück Seife, das ich nicht hatte und an dessen Wirkung ich ohnehin nicht glaube, hätte hinlegen sollen.

Der stechende Schmerz lässt nicht nach. Ich habe sogar das Gefühl, dass er stärker wird. Ich brülle immer lauter. Gut möglich, dass man mich jetzt von London bis Amiens hört. Reglos und angespannt wie eine Armbrust stehe ich senkrecht im Wasser und sinke in die Tiefe. Doch das ist mir vollkommen gleichgültig. Der Tod würde mir endlich die ersehnte Ruhe bescheren. Es ist allzu verführerisch, sich dem Pessimismus hinzugeben.

Von Schmerzen gequält schlage ich dennoch um mich und zapple wie ein Aal, der hilflos am Haken hängt. Plötzlich fällt mir dieser Satz wieder ein, an den ich oft denken muss und den eines Tages ein Typ zu mir gesagt hat, der vorhatte, vom Balkon zu springen (er wohnte in der sechsten Etage): »Wenn man tot ist, ist man nicht mehr da, um sich zu bedauern.« Wenn ich jetzt sofort verschwinden würde, hätte das keine andere Auswirkung, als eine Bankangestellte zu enttäuschen, die am Strand von Calais sitzt. Wohingegen ich endlich Frieden hätte. Frieden mit mir. Frieden mit meinem Leben und mit all den Leuten, für die ich gar nicht existiere. Frieden mit der Schlaflosigkeit, der Traurigkeit, den Enttäuschungen. Ich bin es leid, nichts zu haben, wofür ich lebe. Ich bin es leid, auf kein Lächeln hoffen zu können. Auf keine Zärtlichkeit. Ich bin es leid, für niemanden der wichtigste Mensch in seinem Leben zu sein. Ich bin es leid, in diesem abscheulichen Meer zu schwimmen.

Ich lasse mich von den Wellen überspülen und versinke

in den ungastlichen Tiefen, in denen widerwärtige, niederträchtige Kreaturen auf mich warten, für die ich gleich eine unverhoffte Zwischenmahlzeit darstellen werde. Ich gebe mich auf. Ich fühle mich gut, während ich untergehe. Ich verabschiede mich. Und plötzlich löst sich der Krampf wie durch ein Wunder. Das Bild von Victoire taucht wieder vor meinen Augen auf. Blitzschnell verzichte ich auf mein feiges Aufgeben. So schnell ich kann, schwimme ich an die Oberfläche. Eine riesige Wasserfontäne spritzt in die Höhe, als ich mit brennender Lunge wie ein Pottwal in Kleinformat auftauche. Ich habe Schmerzen am ganzen Körper, aber ich lebe. Angetrieben von dem Wunsch zu überleben (auch wenn ich gerade noch entschlossen war, Schluss zu machen), befreie ich mich instinktiv von der für den Krampf verantwortlichen Schwimmflosse. Zumindest ziehe ich sie aus, um den Fuß zu massieren und um mich von allem zu erholen – der Aufregung, den Schmerzen, dem Pessimismus. Ich atme tief ein. Ich bin glücklich. Ich habe keine Lust mehr zu sterben. Victoire lächelt mich an. Ich lebe. Und dann passe ich einen kurzen Moment nicht auf und lasse meine Flosse los, die in dem dunklen Wasser untergeht. Mist. Nachdem ich bereits meine Paddles verloren habe, hat mir das gerade noch gefehlt. Jetzt bleibt mir nicht mehr viel, um zu der Frau zu schwimmen, die ich liebe: eine Schwimmflosse. Eine einzige. Das ist alles. Sicher, sie ist groß, doch als Einzelstück kann man nicht viel damit anfangen. Victoire wird es gleichgültig sein, was ich noch habe und was nicht. Sie will den unbedeutenden Kollegen vom Boulevard Arago, der sich selbst übertroffen hat, um ihr zu imponieren, einfach nur aus dem Wasser steigen sehen. Dabei spielt es überhaupt keine Rolle, ob er eine oder zehn Flossen anhat. Wichtig ist, dass er erschöpft, aber verliebt vor ihr steht. Nichts sonst ist dann noch von Bedeutung.

Mit dieser Sicht der Dinge bin ich einverstanden. Mit einer Schwimmflosse zu schwimmen ist allerdings eine Herausforderung, die man sich kaum vorstellen kann. Mit dieser einen Schwimmflosse gerate ich aus dem Gleichgewicht und bewege mich wie ein Hamster in einem Käfig: Ich drehe mich im Kreis. Ich versuche, diesen einseitigen Antrieb auszugleichen, indem ich nach rechts schwimme, aber es gelingt mir nicht. Ich spüre, dass ich abdrifte. Immer wieder komme ich vom Kurs ab. Die Sonne ist rechts von mir, hinter mir, links von mir und vor mir. Ich werde mein Abenteuer beenden, indem ich mitten im Ärmelkanal bis zur Erschöpfung konzentrische Kreise ziehe, ehe ich darauf verzichte, diese Heldentat zu vollbringen, und das Handtuch werfe (welches Handtuch?). Wenn ich versuche, meine Schwimmbewegungen eines Einbeinigen mit den Hüften auszugleichen, werde ich mir vermutlich irgendetwas auskugeln, mir das Becken verrenken, oder das Hüftgelenk springt heraus. Ich wünschte, ich könnte wenigstens beide Füße in eine Schwimmflosse stecken. Ein frommer Wunsch. So dehnbar ist Kautschuk nicht, und das ist auch nicht vorgesehen. Die Hersteller haben nicht bedacht, dass ein unbesonnener Schwimmer eine der beiden Schwimmflossen verlieren könnte. Sie gehen davon aus, dass immer alles glattgeht; sie wissen nicht, dass ein

Krampf auch den beharrlichsten Schwimmer niederstrecken kann. Aber die Hersteller haben unrecht. Soll ich dieses letzte Teil meiner Ausrüstung zurücklassen und die Durchquerung des Ärmelkanals nur mit den Armen, den Beinen und meinem guten Willen fortsetzen? Wie lange werde ich dann brauchen, um am Strand von Calais anzukommen? Wie viele Stunden? Oder sollte es gar Tage dauern? Werde ich die ganze Nacht schwimmen müssen? Wird sie bis zum nächsten Morgen auf mich warten? Ehe ich diese Fragen beantworten kann, spüre ich, dass etwas sehr Merkwürdiges meine Beine streift. Irgendetwas mit einer glatten Oberfläche. Die flüchtige, unerwartete Berührung lässt mich erstarren. Ich sehe Szenen aus Horrorfilmen vor Augen, in denen ein Riesenhai einen ganzen amerikanischen Strand terrorisiert. Hier treibt sich ein Hai herum. Er hat mich aufgespürt. Im Ärmelkanal gibt es allerdings keine Haie. Und das macht meine Lage noch schlimmer, denn das hier ist der erste. Er hat sich verirrt und ist vollkommen ausgehungert.

Ich bin nicht in der Lage zu schreien. Es verschlägt mir vor Entsetzen die Sprache. Und warum sollte ich auch schreien? Wen sollte ich rufen? Reglos warte ich darauf, dass ich die Rückenflosse des Menschenfressers erblicke. Aufgrund eines Krampfes zu ertrinken ist nicht ruhmreich. Von einem Hai zerfetzt zu sterben hat auf jeden Fall mehr Stil (auch wenn ich mir vorstelle, dass es deutlich schmerzhafter sein muss). Aber wer weiß das schon? Und wozu soll es gut sein, als Märtyrer zu sterben, wenn es niemanden gibt, der Mitleid hat? Wer wird Kerzen anzünden zur Erinnerung an den mustergültigen, durchsichtigen Bankangestellten, der von einem Hai gefressen wurde, als er seine große Liebe an einem Strand treffen wollte? Nicht die kleinste Kerze wird jemals in einer Basilika, in einer Kirche, einer kleinen Kapelle oder der winzigsten Hauskapelle brennen. Das Ende eines erbärmlichen, trostlosen Lebens. Selbst in den bedeutsamsten Augenblicken meines Lebens habe ich keine Spuren hinterlassen. Das Schicksal eines Geistes. Sogar eine Schnecke lässt etwas hinter sich zurück. Ich nicht. Ich hatte mir das Ganze wirklich lustiger vorgestellt.

Im Moment warte ich auf die Rückkehr des Killerhais. Könnte es sein, dass er mich nur gestreift hat und nun seinen Weg fortsetzt, ohne mir weitere Beachtung zu schenken? Ich habe die Berührung (furchtbar) deutlich gespürt, also muss er mich mit seinen Tausenden von Hautsensoren, mit seinen Raubtieraugen und seinem außergewöhnlichen Geruchssinn auf jeden Fall geortet haben. Aber es passiert nichts. Ich wage es nicht, meine wackeligen Schwimmzüge fortzusetzen. Sobald ich das Wasser aufwühle, wird das Raubtier wieder angelockt. Es kehrt bestimmt um und sagt sich, dass es etwas übersehen hat. Es wird sich mit aufgerissenem Maul auf mich stürzen. Welche Geschwindigkeit kann ein Hai erreichen, der seit mehreren Tagen nichts gefressen hat und nun eine leichte Beute entdeckt? Ich habe keine Ahnung. Doch ich gäbe mein Leben dafür, wenn ich dieser ausgehungerte Hai wäre und den lieben langen Tag zum Strand von Calais schwimmen würde.

Wo ist der Hai? Ich kann nicht einfach wie ein Dummkopf hier warten, bis er zurückkehrt und mich auffrisst, sodass Victoire bis in alle Ewigkeit auf mich warten muss. Daher schwimme ich, vorerst ohne große Überzeugung, unbeholfen und furchtsam weiter. Es gelingt mir beinahe, den Kurs zu halten. Die Schwimmzüge reihen sich automatisch aneinander, und ich versuche, so gut es geht, mit meiner einzigen Schwimmflosse zurechtzukommen. Ich habe das Gefühl, dass ich es schaffen kann. Und dann streift mich das Furcht erregende Raubtier erneut. Es ist noch schlimmer: Jetzt sind sie zu *zweit*. Zuerst streift mich eins rechts und dann eins links. Vielleicht hat das erste Raubtier einen Freund gesucht, der ebenso verloren war wie es selbst. Es hat ihm vorgeschlagen, gemeinsam zu Abend zu essen. Das andere hat geantwortet, das passt mir gut, denn ich habe heute Abend nichts Besonderes vor. Und nun sind sie zu mir zurückgekehrt und erzählen sich übermütig blöde Haiwitze. Darauf müssen sie sich wirklich nichts einbilden. Sei's drum, wenn sie wissen, wo ich bin. Anstatt zu warten, dass sie sich zu Tisch begeben, tue ich so, als beeindruckten sie mich nicht mehr als zwei Sardinen. Ich schwimme weiter und hoffe, dass meine Entschlossenheit dazu führt, dass sie ihre Meinung ändern. Was habe ich zu verlieren? Meine beiden Beine vermutlich und noch mehr, so gefräßig wie sie sind. Wirst du, Victoire, falls ich das hier jemals überlebe, bis zum Morgengrauen auf mich warten, und willst du mich überhaupt noch, wenn ich vollkommen erschöpft und verstümmelt bei dir ankomme?

Obwohl die Vorstellung, dass die beiden Raubtiere sich

in wenigen Sekunden meinen Körper teilen werden, mich erstarren lässt, schwimme ich stur und schicksalsergeben weiter (um überhaupt irgendetwas zu tun). Die entsetzlichsten Gedanken quälen mich. Was für ein ausgemachter Dummkopf bin ich nur, Victoire um jeden Preis beweisen zu wollen, dass ich in der Lage bin, für sie etwas Außergewöhnliches zu leisten. Ich liebe diese Frau über alles. Warum habe ich es ihr nicht einfach gesagt? Aus Angst, dass sie es nicht verhindern könnte, in lautes Gelächter auszubrechen? Dass sie meine Liebeserklärung verrückt finden könnte? Dass sie es anderen erzählt? Sodass alle Kollegen in der Bankfiliale – und warum nicht gleich alle Kollegen in dem Viertel? – von meiner Liebeserklärung erfahren und sich halb totlachen würden? Ich höre ihre Antwort, und die ist erschütternd: »Gérald, es ist reizend, dass Sie mir so etwas sagen. Ich fühle mich geschmeichelt, aber es geht nicht. Ich kann Sie nicht lieben, weil Sie zu unbedeutend sind.« Das Risiko, so etwas hören zu müssen, wollte ich niemals eingehen. Und aus diesem Grunde habe ich ein anderes Risiko auf mich genommen: diese bescheuerte Durchquerung des Ärmelkanals. Im Grunde war es ein wunderbarer Plan. Sie hätte gesehen, wie ich aus dem Wasser steige und mit einer Schwimmflosse in der Hand wie ein Held, erschöpft, ausgepowert und triefend nass, auf sie zugehe. Sie wäre gar nicht auf die Idee gekommen, sich über mich lustig zu machen. »Das haben Sie für mich getan?« Ich stelle mir unsere wunderbare Begegnung im Geiste vor. Vor Verwirrung ganz verwirrt, vor Rührung ganz gerührt, steht Victoire mit Tränen in den Augen vor mir, und ich schließe sie in meine Arme. Sie drückt mich zitternd an sich, und ich spüre, dass ihre Brüste gegen meinen Brustkorb drücken. Es ist der schönste Augenblick meines Lebens …

Doch daraus wird wohl nichts. Gleich werde ich unvorstellbare Schmerzen erleiden, wenn die Killerhaie mich zuerst in einen beinlosen Krüppel und dann in eine Leiche verwandeln. Das Wasser wird sich rot färben, und andere Haie werden, angelockt durch den Geruch des Blutes, von weit her herbeiströmen. Vögel und Raubvögel nehmen an dieser unerwarteten, makabren Schlemmerei teil. Und alle streiten sich inmitten der roten Blutspritzer um das kleinste Stück meines Körpers und meiner Eingeweide und um die kleinste Sehne. Was für ein entsetzliches, unerträgliches Leid! Und nachdem sich alles wieder beruhigt hat und alle zu ihrem normalen Alltag zurückgekehrt sind, bleibt von mir nichts übrig als eine einsame Schwimmflosse, die niemand mehr braucht und die nun langsam untergeht. Sie sinkt bis in die dunkelsten Tiefen und bleibt in dem schlammigen Boden stecken. Währenddessen rast in noch größerer Tiefe der Eurostar mit hoher Geschwindigkeit vorbei und bringt Touristen und Geschäftsleute an ihr Ziel, die nicht ahnen, welches Drama sich über ihnen zugetragen hat.

Genau so wird es sich abspielen. Es ist nur noch eine Frage von Sekunden. Diese berühmt-berüchtigten endlosen Sekunden, die dem Tod vorausgehen. So sagt man wenigstens. Ich weiß es nicht. Es ist das erste Mal.

13

Ein zweifellos dummer Reflex

Auch wenn es zweifellos dumm ist – das spielt keine Rolle, denn es ist niemand da, der über mich lachen könnte –, schwimme ich instinktiv weiter, um zu überleben. Mit aller Kraft versuche ich, an der Wasseroberfläche zu bleiben, um mich den kräftigen Kiefern dieser Fleischfresser, die sich still und leise in dieser Gegend herumtreiben, nicht wie auf dem Präsentierteller anzubieten. Wie ein Dummkopf im Wasser zu stehen und wie ein bedauernswerter kleiner Hund zu paddeln und darauf zu warten, dass mir die unteren Gliedmaßen abgerissen werden, ist ein unerträglicher Gedanke. Darum schwimme ich. Na gut, ziemlich verkrampft, aber wer nicht wagt …

Und dann tauchen ein paar Meter von mir entfernt zwei fröhliche Delfine auf. Es hätte nur noch gefehlt, dass sie mit den Flossen klatschen wie Seelöwen im Zirkus. Ich habe sogar den Eindruck, dass sie meine Erleichterung bemerken, als würden sie sich über den Streich freuen, den sie mir gespielt haben. »Wir erkennen an Ihrer entsetzten Miene genau, dass Sie uns für Haie gehalten haben, und dabei sind wir nur Delfine. Ist das nicht zum Brüllen?« Es ist verrückt, wie freundlich diese Tiere aussehen. Und das nicht nur, weil sie uns an Flipper erinnern. Und auch nicht, weil ich damit gerechnet hatte, einen Hai zu erblicken. Nein: Delfine sind auf Anhieb sympathisch. So einfach ist das. Sie sehen aus, als lächelten sie immerzu. Delfine sind wie aufblasbares Spielzeug, bei dem man vergeblich das Ventil sucht.

Es sind also zwei Delfine. Zwei Freunde. Vielleicht zwei Komplizen. Jedenfalls zwei Meeresbewohner, die es weder auf meine Beine noch auf meine Arme noch auf irgendeinen anderen Körperteil abgesehen haben. Und sie scheinen sogar bereit zu sein, mir zu helfen. An ihren verschmitzten Blicken erkenne ich ganz deutlich den Wunsch, mich nicht im Stich zu lassen. Diese Tiere haben sich für Haie ausgegeben und mir den größten Schreck meines Lebens eingejagt. Ich glaube nicht, dass sie sich einfach darüber freuen und jetzt ihren Weg fortsetzen, um woanders ihren Schabernack zu treiben. Ich weiß, dass Delfine immer zu Späßen aufgelegt sind, doch so weit würden sie nicht gehen. Nein, Delfine sind hilfsbereit.

Meine neuen Freunde stoßen ihre charakteristischen leisen Pfeiflaute aus (diejenigen, die sich an die Fernsehserie aus den Sechzigern erinnern, kennen sie sicherlich), zeigen mir Kunststücke und nehmen verschiedene Posen ein. Sie ermuntern mich, ihnen zu folgen und ihnen zu vertrauen. Ich möchte ihnen gerne folgen, aber wie? Schließlich begreife ich ihre Botschaft, die sich folgendermaßen zusammenfassen lässt: »Machen Sie sich keine Sorgen. Wir kümmern uns um Sie.«

Sie wissen, wohin ich will. Sie wissen, dass ich vollkommen am Ende bin. Sie wissen, dass ich nur noch eine Schwimmflosse habe. Sie wissen, dass die Frau, in die ich verliebt bin, mich erwartet. Sie wissen, dass es nicht infrage kommt, diese Frau, in die ich verliebt bin, zu versetzen. Woher wissen sie das alles? Es ist ein Rätsel, aber sie wissen es. Ich weiß nichts über diese Tiere. Ich hätte Fachzeitschriften lesen und mich informieren sollen, um zu erfahren, wie ein Delfin tickt. Oft wird behauptet, dass er der beste Freund des Menschen ist, und zwar mehr noch als Schimpansen und Pferde. Das trifft sich gut, denn der Mensch, um den es in diesem Fall geht (nämlich ich), befindet sich in einer äußerst schwierigen Lage. Ich weiß nicht mehr, auf welche Weise sie mir verständlich gemacht haben, wie sie sich ihre Hilfe für den einsamen, erschöpften Schwimmer vorstellen. Jedenfalls klammere ich mich jetzt mit den Händen an ihren Rückenflossen fest, während sie mit unglaublicher Geschwindigkeit auf die französische Küste zurasen. Die Kraft dieser Tiere ist erstaunlich. Ihre Solidarität auch. Von diesen Meeressäugern könnte man eine Menge lernen.

Ich habe das Gefühl, den Kinosaal gewechselt zu haben. Zuerst wurde *Der weiße Hai* gezeigt, und nun läuft *Im Rausch der Tiefe*. Das ist eindeutig eine Verbesserung. Allerdings ist meine Position nicht gerade ideal, denn ich liege flach auf dem Bauch. Sobald ich versuche, den Kopf zu heben, um zu atmen, schlucke ich Wasser. Ich ersticke beinahe und trinke literweise Salzwasser. Anstatt von Haien zerfetzt zu sterben, werde ich zwischen zwei hilfsbereiten Delfinen ersticken. Das ist zwar nicht so schmerzhaft, aber auch nicht besonders lustig. Solange ich kann, halte ich durch, doch ehe ich am Ende noch ertrinke, lasse ich schweren Herzens die beiden Rückenflossen los. Ich schaue meinen beiden Lebensrettern nach, die ihren Weg ohne mich fortsetzen. Sie werden weiter Richtung Frankreich schwimmen und nicht bemerken, dass ich nicht mehr da bin. Es ist so ähnlich wie bei einem Motorradfahrer, der seine Mitfahrerin verloren hat. Er rast mit gesenktem Kopf über die Autobahn, ohne zu realisieren, dass sie nicht mehr hinter ihm sitzt. Oder noch schlimmer: Die Delfine werden glauben, dass ich ihre Hilfe nicht mehr brauche und es letztendlich vorziehe, mich alleine durchzuschlagen. Das Wasser ist an allen Stellen in meinen Körper eingedrungen. Ich huste, würge und spucke eimerweise Wasser aus, bis ich schließlich fast wieder normal atme. Erleichtert, dass ich mehr oder weniger überlebt habe, hebe ich den Kopf und sehe die beiden Delfine zwei oder drei Meter von mir entfernt. Ihre Köpfe ragen aus dem Wasser, und sie grinsen übers ganze Gesicht. Sie sind da und warten auf mich. Sie haben mich nicht im Stich gelassen. Sie sind einmalig. Beinahe hätte ich geweint.

Die Delfine haben verstanden, dass wir auf diese Weise kein Dream-Team bilden. Sie denken mit ihren unglaublich scharfsinnigen Gehirnen nach und versinken nicht im Meer, sondern in intensiven Überlegungen. Und plötzlich erhellen sich ihre liebenswerten Delfingesichter. Wenn sie Schultern gehabt hätten, hätten sie sie gezuckt, und wenn sie Hände gehabt hätten, hätten sie sich damit auf die Stirn geschlagen. Jetzt bewegen sie sich hin und her und machen Verrenkungen. Sie wollen mir etwas mitteilen. Aber was? Sie schwimmen auf dem Rücken. Demonstrativ. Die Delfine kommen auf mich zu und bewegen ihre Mäuler hin und her, als wollten sie mich fragen, ob ich die Botschaft verstanden habe. Jetzt ist es an mir, mir mit der Hand auf die Stirn zu schlagen. Sie wollen, dass ich mich auf den Rücken lege. Natürlich! Warum bin ich nicht selbst darauf gekommen? Die Sonne, die Anstrengung und das Wasser sind schuld daran, dass mein Verstand nicht mehr richtig funktioniert. Tut mir leid, Jungs. Ich drehe mich also auf den Rücken und strecke die Nase zum Himmel. Die Delfine nehmen links und rechts von mir Aufstellung, und ich klemme mir jeweils eine Rückenflosse unter die Achseln, was auf jeden Fall hundert Mal angenehmer ist. Zuerst schwimmen sie langsam los, und als sie begreifen, dass es auf diese Weise funktioniert, werden sie immer schneller. Und dann geben sie richtig Stoff. Mein Hals jagt durchs Wasser wie der Steven eines Schiffes. Die Welle, die auf diese Weise entsteht, bildet eine Art Wasserkissen, auf das ich meinen Kopf legen kann. Es ist herrlich. Allmählich neigt sich der Tag seinem Ende entgegen. Der blaue Himmel über mir wird nach und nach immer dunkler. Ich weiß nicht mehr, um wie viel Uhr die Sonne zu dieser Jahreszeit untergeht (es ist auch egal, denn ich habe ohnehin keine Uhr). In diesem Tempo werde ich an meinem Ziel ankommen, ehe die Sonne wie eine große Orange hinter dem Horizont versinkt – ein Ansichtskartenmotiv, das sich Sammler an den Drehständern in den Zeitschriftengeschäften gerne gegenseitig aus den Händen reißen.

Wenn meine beiden Delfine Lust haben, ein wenig zu verschnaufen, halten sie an, und ich plansche eine Weile im Wasser. Sie entspannen sich, indem sie tauchen und ein paar Sekunden verschwinden. Dann tauchen sie plötzlich in perfekter Harmonie wieder auf, springen durch die Luft und lassen sich absichtlich aufs Wasser fallen, sodass eine riesige Fontäne in die Höhe spritzt. Man kann sagen, was man will, aber Delfine sind verspielt. Ein paar Mal springen sie noch in perfekter Synchronisation durch die Luft und ab und zu auch über mich hinweg (für mich legt das nahe, dass die Dresseure in Marineland alle Betrüger sind). Dann nehmen sie wieder links und rechts von mir Aufstellung, und wir setzen den Weg zu meiner Schönen fort.

Ich schaue verträumt in den Himmel. Möwen drehen ihre Kreise. Auch Kormorane. Sie können ruhig näher kommen, wenn ihnen der Sinn danach steht. Seitdem ich meine beiden Leibwächter habe, fürchte ich mich nicht mehr vor einem möglichen Angriff dieser hinterlistigen Vögel. Mir kann nichts Schlimmes mehr passieren. Ich bin schon gerettet. Und ehe der Tag zu Ende geht, werde ich Victoire in meine Arme schließen.

Eine Möwe, die mich entdeckt hat, löst sich aus der kleinen Gruppe ihrer gefiederten Freunde und stürzt sich im Sturzflug auf mich. Kurz darauf folgen die anderen. Man könnte meinen, sie fallen aus allen Wolken (und dabei ist der Himmel wolkenlos), als sie das ungewöhnliche Trio entdecken, das wir bilden. Ehrlich gesagt kommen sie mir nicht aggressiv vor, sondern eher spöttisch. So verspielt wie Delfine sind, so spöttisch sind Möwen. Die Möwe, die zuerst ihre Solidarität den anderen gegenüber aufgekündigt hat und zu mir hinuntergeflogen ist, flattert nun einen Meter über uns und stimmt ihre Geschwindigkeit mit unserer ab. Sie scheint ein wenig zu zögern, ehe sie einmal im Kreis um uns herumfliegt und dann recht elegant (das muss ich ihr lassen) auf meinem Bauch landet, als wäre es die normalste Sache der Welt. Sie legt die Flügel an und starrt mich mit heimtückischer Miene an, was mir nicht wirklich gut gefällt (sie könnte mir aus einer Laune heraus beide Augen auspicken). Ihre Kameraden oben in der Luft würdigen ihre Glanzleistung mit schallendem Gelächter. Ich bin ein Flugzeugträger. Tom Cruise ist soeben auf meiner Brust gelandet. Ich habe wieder den Kinosaal gewechselt. Im dritten Saal wird *Top Gun – Sie fürchten weder Tod noch Teufel* gespielt.

Dem Vogel scheint es nicht im Geringsten peinlich zu sein, dass er sich spazieren fahren lässt, ohne sich anstrengen zu müssen. Mich erinnert diese Situation an ein Erlebnis während eines Theaterbesuchs vor längerer Zeit. Ich hatte bereits Platz genommen, als sich plötzlich eine Frau mit ihrem ganzen Gewicht auf mich setzte. Als sie ihren Irrtum bemerkte, stand sie auf, doch es schien ihr nicht einmal peinlich zu sein. Sie rechtfertigte sich mit einem vernichtenden Satz, den sie wohl auch noch für eine Art Entschuldigung hielt:

»Oh, entschuldigen Sie, ich habe Sie nicht gesehen.«

Jeder andere hätte über diese Unbesonnenheit der Theaterbesucherin gelacht, aber ich begriff an jenem Abend einmal mehr, wie unbedeutend ich war. Wenn sich jemand im Theater auf mich setzt, bedeutet das, dass ich tatsächlich niemand bin. Die Frau fügte noch zerstreut hinzu:

»Ich habe Ihnen doch hoffentlich nicht wehgetan?«

Worauf ich antwortete:

»Nein, nein, wie kommen Sie denn darauf?«

Und dabei war es ganz schön schmerzhaft. Ich verfolgte das Stück wie durch einen Nebel. Ich hörte nicht zu und war mit den Gedanken ganz woanders. Wieder einmal wurde mir bewusst, was für ein sonderbares Ektoplasma ich war, und die traurigsten Gedanken quälten mich. Es ist nicht gerade amüsant, niemand zu sein.

Um mich von dem Schreck zu erholen und um ein Glas Champagner zu trinken, stellte ich mich in der Pause an die Bar im Foyer. Wie ich mir hätte denken können, sah der Kellner mich nicht. Er bediente alle anderen Gäste, nur mich nicht. Dann kündigte ein schriller Klingelton die Fortsetzung des Stückes an, ohne dass ich irgendetwas getrunken hatte. Da mir nicht der Sinn danach stand, meinen Platz neben der zerstreuten Dame wieder einzunehmen, beschloss ich, das Theater zu verlassen. Hinter einer Theke in der Eingangshalle stand ein Mann – der Theaterdirektor oder der Regisseur oder sogar der Autor des Stückes – und sagte zu mir:

»Sie müssen an Ihren Platz zurückkehren, Monsieur. Es geht weiter.«

Ich habe meine absurde Antwort noch im Ohr:

»Machen Sie ruhig ohne mich weiter. Das ist nicht schlimm.«

Von unglaublicher Hoffnungslosigkeit erfüllt trat ich hinaus auf die Straße und murmelte ohne Unterlass: »Wozu soll es gut sein weiterzuleben, wenn man mich für einen freien Sessel hält?« Die Versuchung, mich vor einen Bus zu werfen, war groß, aber es fuhren keine Busse mehr. Es begann zu regnen, und ich nutzte die Gelegenheit, um zu weinen.

In dem kurzen Augenblick, als ich diese deprimierende Episode im Theater noch einmal durchlebe, folgen andere Möwen der ersten (Möwen sind spöttische UND gesellige Wesen) und setzen sich ihrerseits auf meinen Bauch und meinen Oberkörper. Wie viele sind es jetzt? Ich würde sagen, ein Dutzend. Ruhig und schweigend sitzen sie dort, vermutlich um nicht die Aufmerksamkeit der beiden Delfine zu erregen, die auf diesem Ohr nicht unbedingt taub sind. Ich wage es ebenfalls nicht, auch nur einen Mucks von mir zu geben, weil ich Angst habe, sie aufzuregen. Wir fünfzehn bieten mit Sicherheit einen lustigen Anblick (zwölf Möwen + zwei Delfine + ein Bankangestellter). Besonders seltsam ist, dass sie es offenbar für die normalste Sache der Welt halten. Wenn hingegen ein Fotograf vorbeikäme, würde er unser Foto garantiert auf der Titelseite der *Geo* veröffentlichen. Ich kneife die Augen zusammen und beobachte die Möwen heimlich. Sie tun genau dasselbe. Die kurzen Federn oben auf ihren Köpfen sind durch die hohe Geschwindigkeit ganz zerzaust.

Und plötzlich beschließt eine, ohne Vorwarnung davonzufliegen, woraufhin die anderen ihr unverzüglich folgen. Möwen haben wirklich keine eigene Persönlichkeit. Eine Minute später verringern meine Freunde, die Delfine, nach und nach die Geschwindigkeit und halten dann inne. Ich nehme an, dass sie wieder ein wenig verschnaufen und entspannen wollen, indem sie akrobatische Figuren und gefährliche Sprünge durchführen. Doch weit gefehlt. Sie bewegen sich nicht und geben keinen Ton von sich. Als ich mich umdrehe, begreife ich, was los ist. Ich kann die französische Küste sehen. Sie ist nicht weit entfernt, vielleicht hundert Meter. Ich bin angekommen. Weiter schwimmen sie nicht, damit niemand sie sieht. Ich soll meine Durchquerung des Ärmelkanals allein beenden, damit ich mich in dem Ruhm sonnen kann, es ohne Hilfe geschafft zu haben. Nach einem letzten komplizenhaften Lächeln schwimmen die Delfine, ohne im Geringsten mit ihrer Heldentat zu prahlen, ganz ruhig zurück aufs offene Meer. Ich werde sie niemals wiedersehen (aber sobald ich wieder in der Stadt bin, kaufe ich mir alle Staffeln der Flipper-Abenteuer und schaue sie mir hintereinander an).

Der Strand, dem ich mich schwimmend nähere, scheint menschenleer zu sein. Im Licht der Abenddämmerung kann ich allerdings nicht alles genau erkennen. Das Wissen, dass ich in wenigen Minuten am Ziel sein werde, verleiht mir eine ungeheure Energie. Die gute alte, unverwüstliche *L'Aziza* ertönt wieder in meinem Kopf und sorgt dafür, dass ich mich in gleichmäßigem Rhythmus durch das Wasser bewege. Ich fühle mich wie ein Schwimmer bei der Olympiade, bereit, alle Rekorde zu brechen. Es ist Ebbe. An den Stränden im Norden zieht sich das Wasser stark zurück. Ich höre auf zu schwimmen und versuche mich hinzustellen, glaube aber nicht, dass das Wasser schon flach genug ist. Doch: Ich habe Boden unter den Füßen. Ich ziehe meine einsame Flosse aus und steige wie ein typischer Schwimmbadbesucher langsam und ruhig aus dem Wasser. Jetzt bin ich wieder ein Fußgänger. Ich bin fassungslos. Niemals zuvor hat die bloße Tatsache, über Sand zu laufen, mir ein solches Glücksgefühl beschert.

Ein Stück von mir entfernt sind zwei Kinder mit dem Bau einer Sandburg beschäftigt, die fast fertig ist. Eine junge Frau läuft auf sie zu und ruft:

»*Come on, kids, it's late!*«

Verdammt, sie spricht Englisch! Sie ist Engländerin. Ich bin in England. Ich bin dorthin zurückgekehrt, woher ich gekommen bin. Die Delfine haben mich an meinen Ausgangspunkt zurückgebracht. Das Gefühl, dass alles umsonst war, haut mich um. Ich bekomme weiche Knie und sinke in den Sand. Tränen steigen mir in die Augen.

»Sei doch nicht so, Daisy, noch zehn Minuten. Es macht gerade so viel Spaß!«

»*No, no, you have to come now!*«

»Och, du Spielverderberin …«

Die Kinder verlassen ihre Sandburg und gehen auf Daisy zu, das Au-pair-Mädchen aus London, Glasgow oder Belfast. Das Grüppchen nähert sich einer großen Villa im neonormannischen Stil an der Strandpromenade. Die Kinder werden jetzt duschen und dann mit den Eltern zu Abend essen. Ich bin in Frankreich. Es ist Daisy, die sich nicht in ihrem Heimatland aufhält. Fröhlich stehe ich wieder auf und gehe mit meiner Flosse, die ich mir wie ein Baguette unter den Arm geklemmt habe, auf den trockenen Sand zu.

So richtig fröhlich bin ich allerdings auch wieder nicht und auch nicht wirklich erleichtert. Denn nun ist der Strand menschenleer, die Kinder und ihr Babysitter aus England waren die Letzten. Ich gehe dennoch weiter und summe leise *L'Aziza*. Das Lied verfolgt mich seit dem Morgen, und ich werde diesen Ohrwurm einfach nicht los.

Und dann sehe ich sie.

14

Victoire sitzt im Sand

Victoire sitzt im Sand und schaut mir entgegen. Sie trägt eine ärmellose Bluse aus weißer Baumwolle und einen kurzen Rock aus rotem Stoff mit blauen Punkten. Ihre Ohrringe haben die Form von Ananas. Sie hat nackte Füße. Ihre Turnschuhe stehen neben ihr. Gedankenverloren streicht sie mit beiden Händen den Sand rings um sich herum glatt. Sie lächelt. Ihr Lächeln, das ihre perfekten Zähne entblößt, ist ein Meisterwerk von einem Lächeln. Zudem ist es so fröhlich, dass es im Bruchteil einer Sekunde das härteste Herz erweichen kann. Mein Lächeln ist leider nicht besonders aufsehenerregend. Daher greife ich selten darauf zurück. Meine Zähne sind schief. Ich nehme es meinen Eltern übel, dass sie bei mir nicht die notwendigen Korrekturen veranlasst haben, als ich klein war. Es stimmt, dass sie es vor mir bereits mit sechsundneunzig Zähnen zu tun hatten, denen meiner vier älteren Geschwister, aber dennoch.

Wie ein Fakir, der auf Scherben geht, überquere ich

den breiten Streifen aus zerbrochenen Muscheln, ohne den geringsten Schmerz zu empfinden. Ich hample nicht herum und hüpfte nicht von einem Bein aufs andere. Ohne nachzudenken setze ich meinen Weg glücklich fort. Und dann stehe ich vor ihr. Sie bleibt sitzen und wendet mir ihr bezauberndes Gesicht zu. Sie scheint ebenso eingeschüchtert und entzückt zu sein wie ich.

SIE: Guten Abend, Gérald.

Als sie mit ihrer klangvollen Stimme »Gérald« sagt, schäme ich mich auf einmal nicht mehr, diesen furchtbaren Namen zu tragen.

ICH: Guten Abend, Victoire.

SIE: Wo kommen Sie her?

ICH *(ich zeige ungefähr in die Richtung, in der England liegen müsste):* Von dort drüben.

SIE: Sie sind geschwommen?

ICH: Ja.

SIE *(fassungslos):* Sie sind durch den Ärmelkanal geschwommen?

ICH: Ja.

Ich bin mir durchaus bewusst, dass ich mit meinen beiden Delfinen, die mir zu Hilfe geeilt sind, ein wenig gemogelt habe. Ohne sie würde ich jetzt nicht aufgewühlt und gerührt vor Victoire stehen. Aber ich habe mich genug abgemüht, und daher ist es nicht nötig, die unerwartete Wende am Ende meiner Heldentat zu erwähnen.

SIE: Sie müssen ein guter Schwimmer sein.

ICH: So gut auch nicht.

SIE: Wie lange haben Sie gebraucht?

ICH: Ewig. Ich bin heute Morgen in aller Frühe in Dover aufgebrochen, und jetzt bin ich hier. Wie spät ist es?

SIE: Ich weiß es nicht *(es sieht so aus, als wollte sie mir ihr hübsches Handgelenk zeigen)*, ich habe keine Uhr um.

Es herrscht Stille. Als hätten wir uns schon alles gesagt oder als hätten wir uns so viel zu sagen, dass wir gar nicht wissen, wo wir beginnen sollen.

SIE: Und das haben Sie für mich getan?

ICH *(ich stürze mich ins kalte Wasser – ein lustiger Ausdruck für jemanden, der gerade aus dem kalten Wasser gestiegen ist)*: Für Sie. Ich habe das für Sie getan. Um Sie zu beeindrucken. Um Ihr Herz zu erobern.

Wieder herrscht Stille. Ich liebe diese Stille mit ihr. Es sind Augenblicke, die von etwas erfüllt sind, das ich nicht in Worte zu fassen vermag. Sie erzeugen weder Langeweile noch Enttäuschung noch Verlegenheit. Es ist die schönste Stille der Welt.

SIE: Ja, das bin ich. Beeindruckt. Wirklich.

ICH: Danke.

Sie sagt, dass sie beeindruckt ist. Ich wage es nicht, sie zu fragen, ob ich auch ihr Herz erobert habe. Das wäre riskant und obendrein ungeschickt.

ICH: Es mag Ihnen dumm und selbstgefällig erscheinen, aber ich wollte etwas Unvernünftiges tun, um Ihnen zu beweisen, dass ich jemand bin.

SIE: Mir beweisen, dass Sie jemand sind? Was soll das heißen?

ICH: Oh ... das ist nicht so einfach zu erklären ... Vergessen Sie es.

SIE: Wie Sie wollen … Sie müssen aber nicht den ganzen Abend stehen. Setzen Sie sich doch. Im Stehen ist es noch schwieriger, komplizierte Dinge zu erklären.

Sie klopft mit der Hand auf den Sand neben ihrem Po. Sie hat »den ganzen Abend« gesagt. Also hat sie es nicht eilig. Ich setze mich hin und presse die riesige Schwimmflosse an meine Brust. Ich bin noch immer eingezwängt in meine zweite Haut. Mein Herz klopft laut unter dem Neopren.

SIE: Ich bin fassungslos … dass Sie das gemacht haben.

ICH: Ehrlich gesagt bin ich das auch. Jedes Mal wenn ich den Mut verlor und am Ende meiner Kräfte war, habe ich an Sie gedacht, und dann kehrte die Zuversicht zurück.

SIE: Sie hätten ertrinken können.

ICH: Das Risiko musste ich eingehen.

SIE: Es hätte sein können, dass ich nicht hier bin.

ICH: Das Risiko musste ich auch eingehen.

Ihr Blick wandert in die Ferne zu den Wellen, deren leises Plätschern zu hören ist. Sie schüttelt den Kopf. Sie kann es noch immer nicht fassen.

SIE: Das ist verrückt … Noch nie hat ein Mann so etwas für mich getan.

Die Zeit bleibt stehen. Victoire beugt sich träumend ein Stück vor. Ihr schöner Nacken hypnotisiert mich. Ich könnte ihn mit geschlossenen Augen nachzeichnen. Sie dreht sich zu mir um.

SIE: Wollen Sie Ihren Froschanzug nicht ausziehen?

ICH: Doch. Das würde ich gern, aber ich habe nichts darunter an.

SIE: Gar nichts?

ICH: Gar nichts.

SIE: Ich leihe Ihnen meinen Rock, wenn Sie möchten. Sie sind schlank. Er müsste Ihnen passen.

Das Angebot ist sonderbar. Wenn sie mir ihren Rock leiht, hat sie ihn nicht mehr. Victoire hätte dann nur noch ihren Slip an. Und ich ihren Rock. Ich bin ratlos. Sie fegt meine Bedenken beiseite, indem sie aufsteht und sofort zur Tat schreitet. Blitzschnell zieht sie den Reißverschluss herunter und lässt den roten Stoff mit den blauen Punkten über ihre Beine gleiten (mein Gott, diese wunderschönen Beine ...). Ohne mich in irgendeiner Weise zu provozieren und ohne falsche Scham reicht mir dieses große Mädchen, das nun nur noch eine ärmellose Baumwollbluse und einen einfachen Slip trägt, beschwingt seinen Rock.

SIE: Ich schaue nicht hin.

Sie dreht sich zum Meer um, entfernt sich ein Stück und schirmt ihre Augen mit der Hand ab. Sie kehrt mir den Rücken zu. Ihr Po ist umwerfend.

Langsam ziehe ich mich aus. Es ist mühsam und beschwerlich, mich aus diesem Kokon zu befreien. Ich habe das Gefühl, als wäre der Taucheranzug von Decathlon ein Teil von mir. Plötzlich sehe ich einen flüchtigen Augenblick ein grässliches Bild vor Augen: Meine Großmutter zieht einem Kaninchen das Fell über die Ohren. Mit großer Anstrengung und ungeschickten Verrenkungen gelingt es mir, meine synthetische Haut abzustreifen. Jetzt stehe ich splitternackt ein paar Meter von Victoire entfernt. Sie sieht entzückend aus, wie sie dort steht und noch immer aufs Meer schaut. Ich fürchte, ich sehe mit meiner weißen Haut des städtischen Bankangestellten nicht besonders attraktiv aus. Die einsetzende Dämmerung, die uns auf angenehme Weise einhüllt, ist meine Verbündete. Ich ziehe Victoires Rock an, der mir seltsamerweise passt. Ich ziehe den Reißverschluss zu und weiß nicht, wie ich jetzt aussehe.

ICH: Ich bin fertig.

Victoire dreht sich zu mir um und bricht in lautes Lachen aus.

ICH: Es ist nicht nett, dass Sie sich über mich lustig machen.

SIE: Ich mache mich nicht über Sie lustig, Gérald, aber Sie sehen … wie soll ich sagen? … Sie sehen in dem Rock total süß aus …

ICH: Sie machen sich sehr wohl über mich lustig.

SIE: Nein, ich schwöre, das tue ich nicht. Der Rock steht Ihnen ausgezeichnet.

ICH: Es ist das erste Mal, wissen Sie.

SIE: Was ist das erste Mal?

ICH: Es ist das erste Mal, dass ich in der Dämmerung an einem Strand im Norden in einem Rock neben der jungen Frau stehe, die mir die schönsten schlaflosen Nächte meines Lebens bereitet hat.

SIE: Ist Ihnen das peinlich?

ICH: Nein, nein, überhaupt nicht. Ganz im Gegenteil.

Doch, ein bisschen schon. Sicher ist es mir peinlich. Das Gegenteil wäre auch erstaunlich. Victoire beugt sich über meinen Taucheranzug, der wie die abgestreifte Haut eines Reptils im Sand liegt. Sie legt ihn ordentlich hin und setzt sich darauf (mit unvorstellbar natürlicher Anmut). Neben sich lässt sie genügend Platz für mich und fragt mich dann in bezauberndem Ton, als hätten wir uns zum Kaffee getroffen:

SIE: Worüber sollen wir sprechen?

Ich setze mich wie ein schüchternes Mädchen neben sie und frage mich, wie die Schotten das machen … Aber der Stoff ihrer Kilts ist ja auch schwerer als der, der jetzt meine Weichteile bedeckt.

ICH: Über Schlaflosigkeit.

SIE: Okay, über Schlaflosigkeit …

ICH: An manchen Abenden bin ich unter die Decke gekrochen und habe kein Auge zubekommen. Es kam vor, dass ich ganze Nächte lang wach im Bett lag und auf die Schatten und das Licht starrte, das die Scheinwerfer der Autos und die Leuchtreklamen an die Decke warfen. Und als der Morgen anbrach, brauchte ich nicht aufzuwachen, weil ich gar nicht eingeschlafen war, aber ich war beglückt, dass ich viele Stunden damit verbracht hatte, nur an Sie zu denken.

Ich sehe Victoire an, dass meine Schilderung sie berührt.

SIE: Sie glauben mir vielleicht nicht, aber ich habe ebensolche Nächte verbracht wie Sie.

ICH: Und an wen haben Sie gedacht?

Sie schaut mich verschmitzt an, und dieser Blick sagt mehr als tausend Worte. Dann dreht sie den Kopf ein Stück zur Seite. Es gibt Vertraulichkeiten, die man nicht gerne gesteht, wenn man dem anderen ins Gesicht sieht.

SIE: Als ich in der BNP-Filiale auf dem Boulevard Arago zu arbeiten begann, fühlte ich mich dort sehr schnell wohl. Die Kollegen, die Filialleiterin bis hin zur Putzfrau, alle waren sympathisch und liebenswürdig. Es war einfach, mit ihnen auszukommen, obwohl sie alle ziemlich oberflächlich waren. Bis auf einen Kollegen: Sie.

Während des Zuhörens laufen mir heiße Schauer über den Rücken. Der Ausschnitt ihrer Bluse lässt erahnen, dass sie keinen BH trägt. Ich kann ihren Brustansatz sehen und genieße den Anblick. Ich kenne keinen reizvolleren Augenblick als den, wenn der Blick unverhofft in das Dekolletee eines weiblichen Kleidungsstücks fällt. Manchmal kann man sogar die Brustwarzen sehen, doch meistens muss man sich damit begnügen, dass sich nur die zarte Rundung der Brüste unter dem Oberteil abzeichnet. Das spielt aber keine Rolle, es ist immer fantastisch.

SIE: Sie waren nicht wie die anderen. Sie haben mein Interesse geweckt. Es war nicht so einfach, mit Ihnen in Kontakt zu kommen. Ich hatte den Eindruck, dass Sie immer mit den Gedanken woanders und niemals wirklich da waren.

ICH: Ich weiß. Es ist keine Absicht.

SIE: Erinnern Sie sich, dass Sie einmal in mein Büro gekommen sind, um eine Akte zu holen, während ich telefoniert habe? Ehrlich gesagt war am anderen Ende der Leitung niemand. Ich habe nur so getan, um ein bisschen Zeit mit Ihnen zu verbringen und damit Sie mich betrachten.

ICH: Ich erinnere mich. Das war der Tag des Banküberfalls.

Victoire starrt in den Sand, und ich schaue noch immer auf ihren rechten Busen, der sich meinem Blick so hübsch darbietet. Vielleicht weiß sie es und ändert ihre Haltung absichtlich nicht. Sie hätte sich nur ein wenig aufzurichten brauchen, damit der Stoff seine Funktion als Kleidungsstück wieder erfüllt.

SIE: Ja, genau, es war der Tag des Banküberfalls, der Tag, an dem Sie mir das Leben gerettet haben. Das war sehr mutig von Ihnen.

ICH: Nein, das war gar nicht mutig. Wissen Sie, ich war entsetzt, dass dieser Typ Sie an sich gepresst hat. Ich bin, ohne zu überlegen, aus reiner Eifersucht eingeschritten.

Es amüsiert sie, dass der Held jenes Tages nur ein eifersüchtiger Verehrer war.

SIE: Im Schwimmbad in Sceaux hat Sie niemand gesehen. Ich schon. Ich habe es genossen, Ihren Blick auf mir zu spüren. Mir liefen heiße Schauer über den Rücken, über die Beine, die Schultern, den Nacken und den Bauch. Ich wünschte mir, dass es niemals aufhört. Wenn jemand anderes den kurzen Brief, den Sie auf meinen Schreibtisch gelegt haben, geschrieben hätte, wäre ich nicht gekommen. Doch er war von *Ihnen* unterschrieben.

Stille. Wieder herrscht Stille, und jedes Mal ist es so, als würde ein unsichtbarer Dimmer das Licht eine winzige Spur dunkler stellen. Victoire mustert mich erneut mit ruhigem, fast ernstem Blick.

SIE: Seitdem Sie nun neben mir sitzen, stelle ich mir eine Frage, die nur Sie allein beantworten können. Haben die Küsse eines Mannes, der zehn Stunden im Wasser verbracht hat, einen salzigen Geschmack?

Sie nähert sich mir mit ihrem Gesicht. Zaghaft pressen wir unsere Lippen aufeinander, als wollten wir den magischen Augenblick hinauszögern. Wir küssen uns. Ich weiß nicht, welches Wort das Gefühl beschreiben könnte, das mich erfüllt. Wahrscheinlich gibt es gar keins. Während des Kusses, der kein Ende nimmt, lösen wir immer wieder kurz unsere Lippen voneinander, um sie sofort wieder aufeinanderzupressen und unsere Zungen ineinander zu verschlingen. Meine Hand gleitet in ihren Ausschnitt, und dann streichle ich ihren perfekten Busen, auf den ich soeben schon einen flüchtigen Blick werfen konnte. Victoire löst ihren Mund von meinem und beugt ihren Kopf ein winziges Stück zurück.

SIE: Ihre Küsse haben tatsächlich den Geschmack des weiten Meeres.

Sie hält den Atem an, schließt die Augen und genießt meine Zärtlichkeiten.

SIE: Sie haben zarte Hände …

Langsam, um die romantische Stimmung nicht zu zerstören, kniet sie sich hin. Ich folge ihrem Beispiel, und wir sehen uns in die Augen. Noch langsamer öffnet Victoire nacheinander die Knöpfe ihrer Bluse, und während sie mich mit verschmitzter Miene anschaut, zieht sie die beiden Seiten auseinander. Mir kommt es so vor, als würde sich ein Theatervorhang öffnen und den Blick auf ein traumhaftes Bühnenbild freigeben. Behutsam lege ich meine Hände auf ihre Brüste und setze meine Zärtlichkeiten fort.

Ich bekomme jede Zehntelsekunde einen Orgasmus. Eine riesige Welle überschwemmt mich und trägt mich davon. Alle Verliebten werden Ihnen dasselbe sagen, aber niemand wird jemals das erleben, was ich in diesem Moment erlebe und empfinde.

Als Victoire wie in Zeitlupe aufsteht, rutschen meine Hände hinunter zu ihren Hüften. Mein Gesicht ist nun auf Höhe ihres Bauchnabels. Obwohl ich auf keine besonders große Sammlung von Bauchnabeln zurückblicken kann, hat Victoire mit absoluter Sicherheit den bezauberndsten Bauchnabel der Welt. Während meine Hände über ihren Körper gleiten, ziehe ich ihr behutsam den Slip über die Beine. Victoire hebt den linken und dann den rechten Fuß, um den Slip abzustreifen. Ich drücke mein Gesicht auf ihre Schamhaare und presse meine Hände auf ihr Gesäß. Ich stehe kurz davor, in einen Rausch zu geraten und den Verstand zu verlieren. Wieder einmal bin ich mit den Gedanken ganz woanders, dreitausend Kilometer entfernt. Dennoch höre ich Victoire in flüsterndem Ton sagen:

SIE: Küssen Sie mich noch einmal.

Sie bedeutet mir aufzustehen, und wir küssen uns erneut, dieses Mal noch zärtlicher. Ihre Hände gleiten unter ihren Rock, und sie umklammert meinen Penis, ohne unseren Kuss zu unterbrechen. Sie befreit mich von diesem weiblichen, für mich ein wenig lächerlichen Kleidungsstück. Jetzt bin ich nackt.

SIE: Komm …

Wir legen uns auf den Taucheranzug von Decathlon, und mit der Zärtlichkeit eines zivilisierten Liebhabers dringe ich sanft in Victoire ein. Es kommt mir so vor, als hätten sich unsere Körper endlich gefunden. Sie schließt mich in ihre Arme, wölbt sich mir entgegen, und ich küsse sie. Ich will nichts überstürzen, damit die Lust lange anhält. Ich bin schwerelos. Die Welt könnte untergehen, ohne dass ich es bemerken würde. Ich schwebe in einem lieblichen Rausch. Während ich mich behutsam in ihr bewege, ertönt über uns eine dröhnende Sirene, die die Dünen, den Sand und den Himmel erbeben lässt. Die Sirene schallt in einem wahnsinnig lauten, durchdringenden, tiefen, kraftvollen Ton, der gar nicht mehr zu verstummen scheint.

Ich öffne die Augen, drehe mich um und entdecke über mir eine riesige schwarze Wand aus Stahl, die sich von dem noch immer blauen Himmel abhebt. Ich liege auf dem Rücken im Wasser. Keine Victoire, kein Strand von Calais, keine Delfine, keine Zärtlichkeiten, keine Küsse, kein Sex und keine hereinbrechende Dämmerung. Am Ende meiner Kräfte habe ich wohl, um mich auszuruhen, den toten Mann gemacht und bin eingeschlafen.

Ein Frachter von der Größe eines zehnstöckigen Hauses hat ein paar Meter von mir entfernt gestoppt. Im Gegenlicht sehe ich, dass sich oben eine Reihe von Matrosen, die ich kaum erkennen kann, über die Reling am Bug des Schiffes beugen und mich aus der Ferne anstarren. Ich höre ihre leisen Stimmen. Sie kommentieren das Ereignis in mir unbekannten, rätselhaften Sprachen. Ein Vorgesetzter gibt offenbar Befehle. Sie geben mir Zeichen, dass ich mich nicht bewegen soll. Das verstehe ich. Sie brauchen sich keine Sorgen zu machen. Ich habe nicht vor, das Weite zu suchen. Ich entdecke einen rot-weißen Rettungsring, den sie an einem Tau herunterlassen. In geringer Entfernung von mir trifft er auf dem Wasser auf. Mühsam und ungeschickt schwimme ich ein paar Züge und nähere mich dem Rettungsring. Ich stülpe ihn mir über den Kopf und den Oberkörper, stecke die Arme hindurch und warte. Eine rasselnde Winde wird in Gang gesetzt. Das Tau zittert, ehe es sich spannt. Dann werde ich – eine lächerliche, triefend nasse Gestalt – hochgezogen wie eine Marionette, die in eine Badewanne gefallen ist. Je höher ich steige, desto deutlicher werden die Stimmen der Mannschaft. Allerdings verstehe ich kein Wort. Ich streife den Namen des Schiffes: *Rosenwald – Hamburg*. Jetzt weiß ich, woher es kommt, nicht aber, wohin es fährt. Als ich auf Höhe des Decks anlange, stoppt die Winde. Neugierige Gesichter unterschiedlichster Nationalitäten starren mich an. Ich drehe mich langsam im Kreis wie das Pendel eines Wünschelrutengängers, das bestätigt, dass unter mir Wasser ist. Der Arm des Krans beschreibt eine Vierteldrehung, worauf ich genau über dem Deck baumele. Dann werde ich inmitten einer bunt zusammengewürfelten Mannschaft behutsam heruntergelassen.

Ein Mann, der vielleicht eine Art Kapitän oder Kommandant sein könnte – er trägt zwar keine Uniform, ist aber etwas besser gekleidet als die anderen –, kommt auf mich zu und reicht mir seine große Pranke, um mich zu begrüßen. Er spricht ein paar zweifellos freundliche Sätze, doch ich verstehe kein Wort.

Ich bin gerettet.

15

Kurz darauf

Kurz darauf setzt das Containerschiff seine Maschinen wieder in Gang. Mittlerweile habe ich den Taucheranzug ausgezogen und trage Kleidungsstücke, die die Matrosen mir geliehen haben (vielleicht auch geschenkt, wer weiß das schon?). Einer hat eine Mütze gespendet, einer ein T-Shirt, einer ausgelatschte Turnschuhe und einer eine mit Fettflecken übersäte Shorts. Ich fühle mich an meine Kindheit erinnert, als ich die Kleidung meiner drei Brüder und meiner Schwester auftragen musste. Auch dreißig Jahre später hat sich mein Leben nicht grundlegend geändert.

Wir beugen uns mit mehreren Leuten über eine Karte des Ärmelkanals, während der riesige Frachter seinem Ziel entgegensteuert. Ich zeige auf Dover auf der einen und auf Calais auf der anderen Seite, ahme einen kühnen Schwimmer nach und erkläre, was ich in diesem jämmerlichen Zustand mitten auf dem Meer gemacht habe. Natürlich sage ich nichts davon, dass ich dadurch die hübscheste Frau der Welt verzaubern wollte, in die ich verliebt bin und die in der Hierarchie der Bankfiliale, in der ich normalerweise arbeite, über mir steht. Ich gerate gar nicht erst in Versuchung, ihnen das durch Gesten zu erklären. Da hätte sogar der berühmte Pantomime Marceau passen müssen.

Ein dicker Matrose in einem dreckigen Pullunder und mit dem fröhlichen Gesicht eines Freibeuters sagt in einem undefinierbaren Akzent zu mir:

»Willkommen du auf unser Schiff.«

Dieser Mann spricht Französisch. Mehr oder weniger. Sehr schnell begreife ich, dass sich sein Wortschatz auf etwa fünfzig Wörter beschränkt. Er reiht sie häufig auf sonderbare Art und Weise aneinander, aber besser als nichts. Ich sage »Danke«, und damit endet der Austausch der Höflichkeitsfloskeln. Das Wichtigste ist gesagt. Dann zeigt er mit seinen beiden großen Daumen auf seinen Brustkorb, der dem eines Gewichthebers Konkurrenz machen würde, und fügt hinzu:

»Gurük.«

Während ich seine Geste nachahme, wobei mein Brustkorb weitaus weniger spektakulär ist als seiner, ergreife ich die unverhoffte Gelegenheit, meinen verhassten Vornamen abzulegen, und höre mich »Bob« sagen. Sicherlich in Erinnerung an Bob Morane, den ich als Kind gelesen habe. Ich bin überglücklich, kein Gérald mehr zu sein.

Die *Rosenwald* kommt aus Hamburg. Die Mannschaft besteht aus Türken, Slowenen, Griechen und Albanern. Das entnehme ich jedenfalls den Kommentaren meines neuen Freundes, als er mit mir zwei Gänge hinuntergeht, um mir meine Kabine zu zeigen. Auf Handelsschiffen sind zwei oder drei Kabinen für Passagiere vorgesehen, die den Wunsch haben, unter ungewöhnlichen Bedingungen preisgünstig zu reisen. Auf dieser Fahrt sind sie nicht belegt. Ich bekomme die erste, die mir gut gefällt: ein Schrank, um meine Sachen zu verstauen, die ich nicht besitze; ein Waschbecken, ein Handtuch, ein Stück Seife und ein Bett. Ich sehe ein paar Bücher und Zeitschriften, die ich leider nicht werde lesen können, es sei denn, ich lerne eines Tages Moldauisch oder Slowakisch. Gurük (ich bin mir nicht sicher, ob ich seinen Namen kehlig genug ausspreche, und tatsächlich korrigiert er mich immer und besteht darauf, dass das »r« aus den Tiefen des Meeres kommen muss) zeigt mir das Bett, schließt die Augen und legt eine Wange waagerecht auf die beiden wie ein Kopfkissen gefalteten Hände. Das bedeutet in allen Ländern der Welt »schlafen«. Darauf verlässt er mein neues Zuhause und schließt die Tür. Ich setze mich aufs Bett und starre auf das Bullauge wie auf einen runden Fernseher, auf dem nur Bilder des aufgewühlten Meeres gesendet werden. Nachdem ich mein ganzes Leben als durchsichtiges, unsichtbares Wesen verbracht habe, hat mich nun ein riesiges Frachtschiff mitten auf dem Meer entdeckt wie eine Nadel im Heuhaufen. Und dabei richtet der Kapitän seinen Blick normalerweise immer entspannt auf den Horizont. Unglaublich, aber wunderbar. Dieser Gedanke zaubert mir ein Lächeln ins Gesicht.

Hundemüde strecke ich mich aus, und gewiegt von dem sanften Schlingern schlummere ich sofort ein und schlafe wie ein Murmeltier.

Ja, wie ein Murmeltier. Dennoch quälen mich sonderbare Träume, an die ich mich bruchstückhaft erinnere:

– Wie ich von dem Steven eines Handelsschiffes in zwei Teile geschnitten werde
– Von einer Schiffsschraube zerhäckselt
– Von einem riesigen Kormoran gefressen
– Ich höre den lauten Applaus der Passagiere des Eurostar, die mich im tiefen Wasser vorbeischwimmen sehen
– Ich lande zum selben Zeitpunkt wie die Truppen der Alliierten an einem Strand der Normandie
– Ich absolviere einen Auffrischungsschwimmkurs im Mickymausklub bei demselben demotivierenden Schwimmlehrer

Und vor allem dieses entsetzliche Bild:

– Victoire, die den Brief entdeckt, den ich auf ihren Schreibtisch gelegt habe, und zu lachen beginnt, als sie ihn liest, und ihn dann allen Kollegen in der Filiale zeigt, die ebenfalls lachen

Der Gedanke daran erschüttert mich in noch stärkerem Maße als die riesige Schiffsschraube, die mich gerade in Scheiben geschnitten hat. Als ich mir vorstelle, dass Victoire einen solchen Verrat an mir begangen hat, stürze ich in einen tiefen Abgrund der Verzweiflung. Ich wache weinend auf, das Kopfkissen ist tränennass. Ich weiß nicht, wie lange ich geschlafen habe. Draußen ist es hell. Ist es noch heute oder schon morgen?

Durch die Tür meiner Kabine, die einen Spalt geöffnet ist, beobachten mich heimlich neugierige Matrosen unterschiedlicher Nationalitäten. Als sie sehen, dass ich mir mit dem Ärmel meines T-Shirts die Augen trockne, wissen sie, dass ich aufgewacht bin, auch wenn sie nichts von meinem Kummer ahnen können. Gurük fragt mich: »Schlafen gut?«, worauf ich ihm antworte, indem ich einen Daumen in die Luft strecke – ein Minimum an Worten und ein Maximum an Klarheit. Ich riskiere eine Frage: »Lange?«, und breite die Arme aus, als wollte ich eine Entfernung anzeigen. Gurük antwortet mir mit einem fröhlichen Glucksen, in das seine ausgelassenen Kameraden einstimmen, was mich zu der Annahme führt, dass ich möglicherweise mehrere Tage geschlafen habe. Und dann ergreift er meinen Arm, zieht mich fast ein wenig grob aus dem Bett und wiederholt mehrmals: *»Lisboa! Lisboa!«* Er nimmt mich mit an Deck, wo sich der größte Teil der Mannschaft versammelt hat und darauf wartet, den Hafen zu erblicken, den wir anlaufen. Gurük zeigt auf die Küste und sagt noch einmal *»Lisboa!«* Ich schließe daraus, dass wir auf Lissabon zusteuern, wo das Schiff offenbar anlegen wird. Eine laute Sirene heult durch die milde Luft, wie die Sirene, die mich vor nicht allzu langer Zeit aus Victoires Armen gerissen und im Bruchteil einer Sekunde den schönsten Augenblick meines Lebens beendet hat.

Als das Schiff später am Kai festgemacht hat, beobachte ich den graziösen Tanz der Kräne, deren stählerne Dreharme, die sich mit einem lauten Knarren senken, mich an riesige Giraffen erinnern, die man zu ölen vergessen hat. Diese gigantischen Tiere laden noch ein paar zusätzliche Container auf unser Schiff. Ich frage mich, was sie wohl enthalten: Portwein, schwarze Oliven oder gesalzenen Stockfisch? Als die Beladung abgeschlossen ist, bricht der Abend herein. Die Mannschaft, die nun frei über ihre Zeit verfügen kann, schickt sich an, von Bord zu gehen, um durch die Kneipen und Spelunken zu ziehen. Das Schiff legt erst am nächsten Morgen bei Tagesanbruch ab. Als ich inmitten der anderen meinen Fuß auf die Gangway setze, die uns mit dem Festland verbindet, legt der Kapitän oder der Kommandant (jedenfalls der Mann, der etwas besser gekleidet ist als die anderen) eine Hand auf meine Schulter. Er ahmt ein Telefonat nach, indem er einen unsichtbaren Hörer an sein Ohr drückt:

»Family?«

Meine Familie benachrichtigen? Welche Familie? Ich gebe ihm zu verstehen, dass das nicht notwendig ist, *everything is okay*, vielen Dank, es ist sehr nett, dass Sie daran gedacht haben, nein, nein, das ist nicht nötig. Er hakt nicht nach, zuckt mit den Schultern und verzieht das Gesicht, was in etwa bedeuten soll: »Wie Sie wollen.« Ehe ich den Frachter verlasse, steckt er eine Hand in die Hosentasche und zieht ein kleines Bündel Dollarscheine heraus. Der Kapitän gibt mir ein paar Scheine, die ich höflich ablehne, doch er besteht darauf. Er drückt sie mir in die

Hand, sagt *»Fuck, Fuck!«* mit einem breiten, lüsternen Grinsen auf den Lippen und ahmt mit den Armen die Bewegungen der Skiläufer nach, die sich mit ihren Stöcken abstoßen. Ich nehme das Geld an, bedanke mich und gehe über die Gangway an Land.

Kurz darauf streife ich durch die Stadt, die ich nicht kenne, und weiche den historischen Straßenbahnen aus, die die Touristen aus aller Welt auf Fotos verewigen. Per Zufall gerate ich in den Rotlichtbezirk von Lissabon und muss an den Rat des Kapitäns (oder des Kommandanten) denken. Doch ich bin zu sehr in Victoire verliebt und habe daher keine Lust auf Sex mit einer portugiesischen Prostituierten. Nachdem ich einige winzige Gläser eines unvergleichbar köstlichen Kirschlikörs, der Ginjinha oder Ginja heißt, heruntergeschüttet habe, dreht sich mir leicht der Kopf. Tatsächlich habe ich seit einer Ewigkeit nichts gegessen (meine letzte Mahlzeit bestand aus von einer Heulboje gekratzten Algen). Kurz darauf entdecke ich ein Tattoo-Studio. Ich zögere ein bisschen, aber nicht lange, und dann betrete ich es. Da ich von nun an vermutlich zu einer Schiffsmannschaft gehören werde, sollte ich mich den Gepflogenheiten an Bord anpassen und mir ein Tattoo stechen lassen. Der Künstler und ich werden uns schnell einig. Der dürre, drahtige kleine Italiener hat strahlend blaue Augen. Ich frage mich, wie er hier gelandet ist. Die Sauberkeit lässt zu wünschen übrig, aber in meiner derzeitigen Situation ist mir das egal.

Eine oder zwei Stunden später verlasse ich Tattoo-Tattoo und trete hinaus in die Nacht. Meine letzten Dollar gebe ich in einer winzigen Kneipe aus, in der nur dieser süffige Kirschlikör ausgeschenkt wird. Ich kippe mir eine ganze Reihe der kleinen Gläschen hinter die Binde, um die soeben erlittenen Schmerzen zu vergessen. Auf dem Rückweg wanke ich ein wenig und setze meine Füße fester auf dem lusitanischen Boden auf, als wollte ich mich vergewissern, dass er noch da ist. Nachdem ich mich in mehreren kleinen Gassen verlaufen habe, in denen es eigentümlich riecht, erreiche ich den Hafen. In dem fahlen Licht der Straßenlaternen im Hafenviertel erblicke ich endlich erleichtert die riesigen Umrisse der *Rosenwald*. Ich überquere die Gangway, schenke dem schwarzen Wasser, in das ich angesichts meines Zustandes schnell fallen könnte, ein spöttisches Lächeln und betrete das menschenleere Deck. Die anderen Matrosen treiben sich noch in der Stadt herum und machen mit Sicherheit einen drauf. Ich gehe in meine Kabine, lasse mich in einer erschütternden Pose aufs Bett fallen und schlafe sofort ein.

Als ich aufwache, ist es taghell. Ich spüre das Vibrieren des Schiffes und höre das dumpfe Dröhnen der Maschinen. Die *Rosenwald* hat den Anker gelichtet und ist aufs Meer gefahren, ohne dass ich es bemerkt hätte. Nach einer kleinen Katzenwäsche (mehr aus Gewohnheit als aus einem anderen Grunde) gehe ich an Deck, wo nichts Besonderes passiert. Dann begebe ich mich auf die Brücke, wo alle noch halb schlafen, um sich von der portugiesischen Nacht zu erholen, und sich auf den Autopiloten verlassen. Der Kommandant fragt mich, ob ich einen schönen Abend hatte. Ich schmücke alles aus und erfinde bezahlten Sex, um ihn nicht zu enttäuschen (eigentlich eher, um ihm nicht den Eindruck zu vermitteln, dass ich ein Schlappschwanz sei). Anschließend sage ich ihm, dass es mir auf seinem Schiff gut gefällt und ich Lust habe zu bleiben. Er antwortet, das sei kein Problem, und fragt mich, was ich machen könne. Ich könne in der Küche helfen, sage ich, und gehe sorgfältig mit Wäsche um. Ich bügle ordentlich und könne ab und zu etwas streichen (ich hatte beobachtet, dass Matrosen, die nichts zu tun hatten, sich dieser Arbeit widmeten). Die Sache sei geritzt, sagt er. Das alles vereinbaren wir mit ein paar englischen Wörtern, Lautmalerei und vor allem anhand von Gesten. Wenn man zur Mannschaft eines solchen Schiffes gehören möchte, die sich aus Matrosen aus aller Herren Länder zusammensetzt, sollte man vorher einen Fortgeschrittenenkurs an einer Pantomimenschule besuchen.

Auf der *Rosenwald* geht alles seinen gewohnten Gang, und dieses Leben behagt mir außerordentlich. Ich streiche verrostete Abschnitte der Reling, schäle Gemüse und flicke Risse in Shorts. Mitten auf dem Meer haben Matrosen nicht viel zu tun. Wenn man nicht über eine rege Innenwelt verfügt, muss man die Zeit mit den Mitteln totschlagen, die das Schiff zu bieten hat. Meine Kameraden bringen mir immer neue Spiele bei, bei denen wir Schraubenbolzen und Muttern als Spielfiguren einsetzen. Wir spielen an Deck und hocken wie Bettler in Bombay stundenlang auf dem Boden. Anderen Schiffen begegnen wir fast nie. Der Horizont bietet einen unglaublich öden Anblick.

Das gleichmäßige Dröhnen der Maschinen fördert die Trägheit der Mannschaft. In immer gleichem Rhythmus reihen sich die monotonen Stunden und Tage aneinander. Ich bin glücklich. Das Beste von allem ist die unerwartete Beachtung, die man mir hier schenkt. Ich bin nicht mehr das Ektoplasma, an das ich mich gewöhnt hatte, dieses Wesen, das so durchsichtig ist wie eine Qualle. Dieses menschliche Chamäleon, von dem niemand sagen konnte, ob es da war oder nicht. Obwohl die Kommunikation zwischen uns schwieriger ist als in einer Bank oder Bäckerei, funktioniert sie doch besser als sonst irgendwo auf der Welt. Wir verständigen uns ohne große Worte und ersetzen diese durch Lachen, Augenzwinkern, Gesten, gute Kameradschaft und gegenseitigen Respekt. Ich musste darauf warten, mich inmitten des Meeres inmitten einer bunt zusammengewürfelten Schiffsgemeinschaft wiederzufinden, um endlich jemand zu sein.

An Bord der *Rosenwald* existiere ich.

16

Die Wochen vergehen

Die Eintönigkeit, mit der eine Woche nach der anderen vergeht, begeistert mich. Es erfüllt mich mit großer Freude, dass ich niemandem Rechenschaft schuldig bin. Hier und da ergreife ich selbst die Initiative, um verschiedene Arbeiten zu übernehmen, und mir wird Verantwortung übertragen. Ich beteilige mich an den Manövern und lerne ein neues Leben kennen. Ich gehöre zu einer Gruppe und entdecke das beglückende Gefühl der Kameradschaft, nachdem ich dreißig Jahre auf der Ersatzbank gesessen habe. Es mag sich paradox anhören, aber am meisten erfreut mich der Gedanke, dass mich niemand vermissen wird. In meinem früheren Leben hat niemals jemand bemerkt, dass ich da bin. Daher wird auch niemand bemerken, dass ich nicht mehr da bin.

Ich nehme an, dass die BNP mir weiterhin mein Gehalt überweist, sodass genügend Geld auf dem Konto ist, damit Miete, Telefon und Strom abgebucht werden können. In meinem Briefkasten sammelt sich keine Post an, da mir niemals jemand schreibt. Die Hausmeisterin wird enttäuscht sein, dass sie zu Weihnachten kein Geschenk mehr von mir bekommt, doch sie wird sich daran gewöhnen. Die Grünpflanzen in meiner Wohnung, die bei mir nie richtig gedeihen wollten, werden nun eingehen. Meine Katze, die nichts mehr zu fressen bekommt, wird nach einem entsetzlichen Leiden sterben, nachdem sie die ganze Wohnung verwüstet hat. Glücklicherweise habe ich keine Katze. Sollte in ein paar Wochen oder Monaten auffallen, dass ich verschwunden bin, werden sie meine Wohnungstür aufbrechen, die Schränke öffnen und feststellen, dass meine Sachen noch da sind. Sie werden einen Blick in den Kühlschrank werfen, in dem meine Fruchtjoghurts stehen, die das Mindesthaltbarkeitsdatum seit einer Ewigkeit überschritten haben. Es besteht allerdings nur eine geringe Chance, dass eines Tages jemand (wer sollte das sein?) meine Abwesenheit bemerkt und seiner Verwunderung mit den Worten »Sagt mal, wo ist eigentlich Gérald?« Ausdruck verleiht. Und selbst wenn sich jemand über Géralds Verschwinden wundern sollte, würde die Suche schnell im Sande verlaufen, denn Gérald existiert nicht mehr. Jetzt schippert Bob mit einer neuen Familie glücklich über die Meere.

Es ist sonderbar, dass mich an Bord der *Rosenwald* niemand nach meiner Identität gefragt hat. Niemand wollte wissen, wer ich bin oder wo ich wohne oder sonst irgendetwas. Als ich aus dem Wasser gefischt wurde, hatte ich sowieso keine Papiere mehr bei mir. Sie steckten in dem Rucksack, den ich gezwungenermaßen mitten auf dem Meer zurücklassen musste. Die große Kameradschaft der

Seeleute und die Sprachbarrieren zwischen ihnen führten dazu, dass ich akzeptiert, adoptiert und integriert wurde, ohne dass sie mir irgendwelche Fragen stellten. Und seitdem man mich nicht mehr fragt, wer ich bin, beginne ich, jemand zu sein.

Allmählich vergesse ich Victoire. Es kommt sogar vor, dass ich minutenlang nicht an sie denke. Das ist sicherlich ein gutes Zeichen, und ich nehme an, dass die Genesung von meiner unglücklichen Liebe auf einem guten Weg ist. Ich war bei mehreren Prostituierten in fernen Häfen, in denen wir vor Anker lagen. Wenngleich es noch immer Victoire ist, die ich in den Armen halte, gelingt es mir, mit anderen Frauen Sex zu haben, was vor ein paar Wochen noch undenkbar gewesen wäre. Tagsüber geht es mir gut. Das Leben an Bord ist zwar nicht besonders aufregend, aber ich schaffe es, mich durch verschiedene Dinge abzulenken. Die Nächte hingegen sind entsetzlich. Ich komme nicht zur Ruhe, weil mich Träume quälen, in denen Victoire immer die Hauptrolle spielt. Nach dem Aufwachen brauche ich Stunden, um mich davon zu erholen. Doch im Großen und Ganzen geht es mir immer besser. In vier oder fünf Jahren werde ich die junge Bankangestellte vom Boulevard Arago vollkommen vergessen haben. Das trifft sich gut, denn ich habe es nicht eilig.

Ich versuche niemals, herauszubekommen, welches Land wir gerade ansteuern, um mich von der unbekannten Küste überraschen zu lassen. Mir macht es Spaß zu erraten, welcher Hafen es sein wird. Als ich jedoch vor zwei Tagen eine Runde über die Brücke drehte, wo der Steuermann im Halbschlaf döste und sich auf den Autopiloten verließ, wurde mir dieser Spaß verdorben. Während der Steuermann sich hochprozentigen Alkohol hinter die Binde kippte und darauf bestand, dass ich mittrank (daran werde ich mich gewöhnen müssen), erfuhr ich, dass der nächste Hafen, den wir anlaufen würden, Panama war. Diese Aussicht elektrisierte mich geradezu. Vor langer Zeit hatte ich eine Reportage über den Panamakanal gesehen und oft von einer Reise dorthin geträumt. Gleichzeitig sagte ich mir, dass die Chance, eines Tages dorthin zu fahren, eher gering war. Es gibt herrliche Ziele, die die Reiselust wecken, aber wohin man niemals fährt. Und jetzt waren wir unterwegs nach Panama, ohne dass ich jemanden darum gebeten oder auch nur den kleinen Finger dafür gerührt hatte. Wie man sieht, lassen sich bis auf wenige Ausnahmen alle Träume realisieren.

Seitdem ich erfahren habe, dass unser nächstes Ziel Panama ist, verbringe ich die meiste Zeit am Bug und lasse mir den Wind um die Nase wehen. Ungeduldig warte ich darauf, dass die Küste auftaucht, obwohl ich gar nicht weiß, wie weit wir noch von ihr entfernt sind. Meinen Beobachtungsposten verlasse ich nur, um schnell etwas zu essen. Anschließend kehre ich sofort zurück und hoffe, ein exotisches Panorama am Horizont zu erblicken. Als ich die ersten Seevögel sehe, weiß ich, dass wir uns dem Ziel nähern. Und dann erkenne ich in der Ferne die Umrisse von einem Dutzend anderer Frachter, die vor Anker liegen und geduldig darauf warten, den Kanal zu passieren. Es ist so ähnlich wie in den Ämtern, wo man am Eingang eine Nummer ziehen und sich gedulden muss. Dann sitzen wir hinter einem niedrigen Tisch, auf dem alte, abgegriffene Zeitschriften liegen, in denen wir gelangweilt blättern, während wir warten, dass unsere Nummer aufgerufen wird.

Die *Rosenwald* drosselt das Tempo. Die Mannschaft an Deck, der das Manöver vertraut ist, bereitet sich auf ihre üblichen Handgriffe vor. Wir erreichen eine blau-gelbe Boje, die uns vom Hafenkapitän zugewiesen wurde. Die Maschinen laufen rückwärts, wodurch das Wasser kräftig aufgeschäumt wird, als würde ein riesiger Quirl Sahne schlagen. Ein dumpfes Dröhnen erschüttert den gesamten Schiffsrumpf. Die *Rosenwald* wirft Anker. Es folgt absolute Stille. Warten. Ich kneife die Augen zusammen und starre auf die Küste. Wir sind noch zu weit entfernt, um irgendetwas von Panama sehen zu können. Der Kommandant kommt zu mir und legt eine Hand auf meine Schulter:

»Tomorrow, canal boat.«

Er gibt mir ein Fernglas, das zwölf Tonnen wiegt, geht auf seine Kabine zu und gibt mir ein Zeichen, dass ich es so lange behalten kann, wie ich möchte. Ich stütze mich mit den Ellbogen auf der Reling auf und entdecke in dem runden Bild die Stadt mit den modernen Wolkenkratzern und die Einfahrt zu dem legendären Kanal. Sie ist mit Seezeichen markiert, deren Bedeutungen für einen ehemaligen Bankangestellten undurchschaubar sind.

Als die Sonne am nächsten Morgen aufgeht, schimmert ihr diffuses Licht durch den Nebel über der Karibik. Ein Trupp Seeleute aus Panama strömt auf unseren Frachter, denn nur sie dürfen ihn durch den Kanal manövrieren. Mit einem Schlag hat unsere Mannschaft nur noch die Rolle müßiger Touristen inne. Die Maschinen werden wieder in Gang gesetzt, der Anker gelichtet, und dann steuern wir unter der Führung der Lotsen auf Panama zu.

Ich habe den Eindruck, Teil einer Postkarte zu sein oder in einem Dokumentarfilm mitzuspielen: Schleusen – so hoch wie Pyramiden; zahllose Hafenarbeiter mit bunten Mützen, deren Farben bestimmten Funktionen entsprechen; Taue fliegen durch die Luft; Zahnradbahnen – so schwer wie Panzer – ziehen das Schiff in die Mitte des Schleusenbeckens; laute Befehle, ohrenbetäubender Lärm, metallisches Klirren, Quietschen, hektisches Treiben, eine untätige Mannschaft, während die fleißigen Helfer, die von oben wie Zwerge aussehen, sich abmühen (der Panamakanal ist ein Segen für müde Matrosen). An den Kais wimmelt es von Menschen. Ich beobachte alles ganz genau, genieße jede Sekunde und speichere begierig diese einmaligen Bilder ab, auf denen ich zu sehen bin.

Ein Stück vom Kai entfernt befindet sich an der Seite eine überdachte Aussichtsplattform, sodass die Touristen die Möglichkeit haben, zuzuschauen und dieses beeindruckende Erlebnis zu fotografieren und zu filmen. Zahlreiche Touristen haben sich eingefunden, um dieses kurze, unvergessliche Schauspiel festzuhalten. Auch mich werden sie auf ihren Filmen und Fotos ablichten. Ich lehne mich gegen die Reling, die sich auf gleicher Höhe befindet wie die Brüstung auf der Aussichtsplattform der Touristen, und werfe ihnen einen flüchtigen Blick zu. Es sind Menschen aller Nationalitäten. Sie tragen Hüte, die sie in den von den Reiseführern empfohlenen Geschäften gekauft haben und auf denen der Name der Stadt steht. Die Touristen verstecken sich hinter ihren Digitalkameras, die mittlerweile ihre Augen ersetzt haben.

Zwischen ihnen sehe ich eine recht hübsche junge Frau, die keine Fotos macht und an deren Hals kein Fotoapparat hängt. Mit den Händen auf der Brüstung steht sie dort in anmutiger Haltung und beobachtet entzückt dieses unglaubliche Ballett, das kein Choreograf koordinieren könnte. Ich schaue mir die Frau genauer an, denn sie ist wirklich sehr hübsch. Und dann erstarre ich: Es ist Victoire. Victoire, die ich niemals vergessen habe und niemals vergessen werde. Dort steht Victoire, eine Touristin in Panama, die das rege Treiben rund um die *Rosenwald* begeistert verfolgt. Ich habe sie einmal über diese Sendung über den Panamakanal sprechen hören, die mir so gut gefiel, und sie hatte gesagt: »Eines Tages fahre ich dorthin.« Und jetzt ist sie da. Ich auch. Während ich per Zufall hier gelandet bin, ist sie aus freien Stücken hier. Sie ist noch immer genauso hübsch. Sogar noch hübscher. Neben ihr steht ein junger Mann, der kaum älter ist als sie. Er sieht gut aus, worüber ich mich nicht wundere. Victoire ist eine bildschöne Frau, und da ist es ganz normal, dass ein gut aussehender Mann sie begleitet. Ich glaube auch nicht, dass sie die Reise hierher alleine gemacht hat.

Um ihre Aufmerksamkeit auf mich zu lenken, gestikuliere ich und schwenke die Arme wie ein lebendiges Seezeichen durch die Luft, aber ohne Erfolg. Schließlich greife ich auf etwas zurück, das ich früher, als ich noch in Paris lebte, nicht konnte. Ich habe es von meinen neuen Freunden gelernt: auf zwei Fingern zu pfeifen. Ich pfeife und pfeife, immer lauter, immer schriller und immer hartnäckiger. Victoires Begleiter (ihr Verlobter? Ihr Ehemann?) hat mich bemerkt. Er macht sie auf mich aufmerksam und zeigt verwirrt und amüsiert mit dem Finger auf mich. Victoire dreht sich zu mir um. Sie kann mich nicht erkennen. Wie sollte sie auch darauf kommen, dass der Gérald vom Boulevard Arago jetzt Matrose auf der *Rosenwald* ist? Mit dem zerzausten Haar und meinem Bart, den ich seit mehreren Tagen nicht rasiert habe, bin ich kaum wiederzuerkennen. Sie schaut mich dennoch an. Ich winke ihr zu, damit sie den Blick nicht von mir abwendet. Dann drehe ich mich um und ziehe mein dreckiges T-Shirt hoch, um ihr meinen Rücken zu zeigen. Auf den hat in Lissabon ein drahtiger kleiner Italiener in Großbuchstaben von einer Schulter zur anderen ihren Vornamen tätowiert: Victoire. Ich drehe mich wieder zu ihr um, weil ich wissen möchte, was für ein Gesicht sie macht. In diesem Augenblick werden die Maschinen in Gang gesetzt, und wir sind dabei, aus dem Schleusenbecken herauszufahren. Mir bleibt gerade noch die Zeit, einen Blick in ihr verblüfftes Gesicht zu werfen. Wie in Zeitlupe schlägt sie eine Hand vor den Mund. Sie kann nicht glauben, was sie soeben erlebt hat, und lässt mich nicht aus den Augen, während ich mit vorgetäuschter Gelassenheit mein T-Shirt wieder herunterziehe. Die *Rosenwald* nimmt langsam Fahrt auf, und wir verlassen die Schleuse von Panama, während Victoire uns mit verstörtem Blick hinterherschaut.